AF191925

Unohduksen Kokemus Taikakirja

Ikuisen Syyskuun Mysteeri

Osa 1 Mysteeri

Olipa kerran, ennen aikaa erittäin pimeässä ja pahassa maailmassa: minä, voit kutsua minua.. no oikeastaan unohda ja voit käyttää minusta nimeä Nalle, niin kuin tekevät he ja heillä tarkoitan pahuuden henkiä jotka asuvat täällä hämyisessä maailmassa.

Kappale 1 "Huonot"

En muista miten päädyin tänne mutta ehkä se ei ole tärkeää tällä hetkellä, en ole vielä päässyt juttelemaan heidän kanssaan ketkä asuvat täällä mutta he ovat näyttäneet nauttivan toistensa tappamisesta joissain peleissä ja heillä on jotain kummallisia tapoja niin kuin joidenkin aine yhdistelmien juominen sekä heillä taitaa olla jonkin asteinen pakkomielle olla tyylikkäitä ja siistejä.

Heillä on paljon tavaroita mitä he kutsuvat "Leluiksi" mutta jotenkin oudosti nuo "Lelut" näyttävät tutuilta ja tarkemmin katsottuna ne näyttävät muistuttavan joiltain minun menneisyyteen liittyviltä kavereilta joita en kunnolla muista. Miksi nämä pimeät henkilöt joutuvat tekemään niin paljon kummallisia juttuja ja miksi heillä on paljon tavaroita - on epätiedossa minulta, mutta aion kysyä heiltä siitä asiasta ja tutkia. Ensiksi minun täytyy jutella näiden tyyppien kanssa mistä he ovat saaneet "Lelunsa" ja miksi heillä on ne; ehkä niiden "Lelujen" tekijä tietää kavereistani ja missä he ovat.

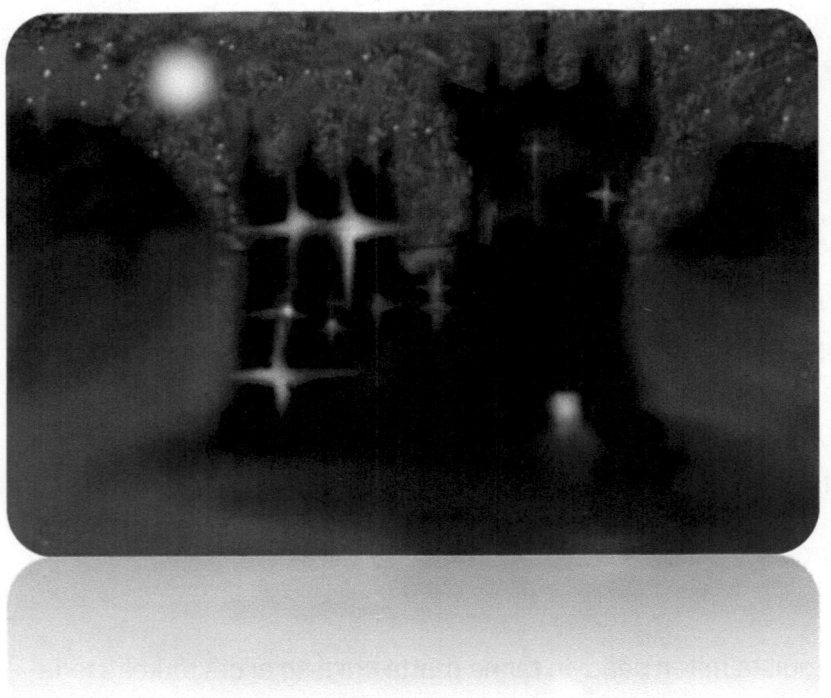

Hetkeä myöhemmin minä saavuin "Mustaan linnakkeeseen" missä asuu "Lelujen herra", tyyppi jolla on paljon "Leluja" ja missä saatan löytää vihjeitä ja vastauksia asioihin joita mietiskelen.

Sisällä linnakkeessa oli paljon erilaisia ja mielenkiintoisten artefaktien kuvia piirrettyinä papereihin, haarniskoista eläinten päihin seinillä ja ripustettuina puista tehtyihin risteihin.

Etenin syvemmälle käytävää pitkin, muutaman kulman jälkeen saavuin huoneeseen jossa oli henkilöitä, joille minä esittäydyin: "Hei minun nimeni on..." Hän kuka istui keskellä kaikkia pöydän ääressä keskeytti minut ennen kuin sain sanottua loppuun: "Olet Nalle me ollaan nähty sinut, me ollaan joukko nimeltä "Huonot".

Minä jatkoin > "Okei voit kutsua minua Nalleksi, mutta olen tullut kysymään; mistä olette saaneet nuo teidän "Lelut" ja miksi teillä on ne?"

Pimeän joukon pomohahmo sanoi:

"Nämä "Lelut" ovat olotilan muunnoksia varten tarkoitettuja esineitä, ne takaavat mukavuustilamme ja niiden avulla on mukavampi olla jos on huono olo sekä jos taas on yli hyvä olo ne auttavat stabiloimaan sen tasaisemmaksi kuten myös tehostamaan olotiloja, yksinkertaisesti me emme halua että kukaan uusi ja positiivinen henkilö olisi olemassa, näiden "Lelujen" tekijä pitää sellaiset olemattomuudessa vankeina etteivät nuo hyvä uskoiset pilaisi kaikkea."

Minä ajattelin:

>>> Nyt minun pitää todistaa muutama asia näille "Huonoille" että he heräisivät typerästä uneliaisuus tilastansa todellisuuteen. Minä ymmärrän enkä aio hätiköidä hetkeäkään:

Minä muistan nyt asioita joistain sankarillisista hahmoista ja minun pitää sekoittaa nämä karskit tyypit totuudella jostakin; taruilla ystävällisistä persoonista lopettaakseni näiden pahojen henkien pakkomielteiset asiat ja herättää heidät positiivisuuteen. Jos onni on puolellani paljastaessani noita aitoja ja myyttisiä tarinoita saatan juuri heidät saada tajuamaan tilanteensa<<<.

Sen jälkeen kun "Lelujen herra" lopetti sanomisensa "Leluista" mainitsin: "Haluatteko tietää jotain aitoa ja jotain eeppistä Johon "Lelujen herra" vastasi myöntävästi ja kutsui loputkin "Huonojen" pimeästä joukostakin kuulemaan mitä minulla oli sydämelläni.

Kappale 2 Tarinat
Aloitin kertomaan tarinoita.

Fredrik 1553 päivä 1
Purjeet ovat ylhäällä ja laiva asetettu kulkemaan läpi helvetin ja muiden kivasti kaoottisten ympäristöjen. "Tämä matka jo muistuttaa menneisyyden muistoista ja tuntuu oikealta suunnalta." Meidän laivamme on nimeltään Kamala Lotja, tai ainakin niin on kirjoitettuna laivan kylkeen; aion muuttaa sen olemaan tarkemmin "meidän laivamme" ja vaihtaa sen nimeksi ARXXXZZ.

Tällä hetkellä minulla ei ole innokkuutta taistella ketään vastaan enää ja minusta tuntuu että asiat ovat vaihtuneet kauniimpaan elämän tiehen, minä lähes haluan ostaa kukkia kuin taistella hirviöitä vastaan nais puoleisen kumppanini vuoksi, olen havainnut tosiasian että olen toivoton romantikko hänelle ketä rakastan; vieläpä sen tyylinen kuin siirappisissa novelleissa ja muissa sen tyylisissä kirjoissa kerrotaan. Minun kaikki tekoni ja sanani levittävät rakkautta sekä intohimoni romanttisesti käyttäytymiseen kun olen rakkaani kanssa. Tiedän että elämän polut kohtaavat romantiikassa ja rakkaudessa toisiinsa jos olen rehellinen sydämestäni.

On minun vuoroni siivotta kansi. Muut seilaavan laivan miehistöstä tekevät ruokaa ja laskevat purjeita. Me olemme saapumassa erään saaren laiva satamaan.

Ennen kuin tiputamme ankkurin minun pitää pakata pussini: rehellisyydellä, realismilla, rationaalisuudella, aistikkuudella, aisteilla, viisaudella ja totuudella. Olen täällä löytämässä rakkauden. Muisto liukui mieleeni, näky ajasta ennen kuin löysin laivani metsän takaa.

Ensiksi olin kävelemässä ja kaukaisuudessa lähellä puita oli jokin hahmo puoliksi lumen peitossa ja hetken hiljaisuuden jälkeen hän huusi minulle:

"Hei sinä, kuuletko minua?"

Minä vastasin:

"Lähestulkoon ja tarvitsetko jotain? Minulla on neljä näitä"

Näytin neljää sormea. "Onko ne aseita?" hahmo kysyi innokkaalla asenteella. Minulla sattui olemaan neljä näkymätöntä pistooli kivääriä mitä en tarvinnut mihinkään.

Heitin kolme näkymätöntä pistooli kivääriä hahmoa päin. Kunnes ne lensivät lähelle hahmoa, hän pomppasi puolitoista metriä ilmaan saadakseen aseet kiinni jonka jälkeen hän hyppäsi puuhun ja huusi vielä: "Saat laivan jonka joku jätti minulle".

Minä ihmettelin "Laiva minulle?" Hän jatkoi:

" Se on sinun jos löydät sen ja kannen alla on aarrekartta arkussa myös, nimeni on "Pelko"."

Johon minä sanoin: "Hei kiitos, jos me nähdään myöhemmin jossain niin pidetään pääkallo sormukset merkkinä. ok?"

"Selvä!" Huusi "Pelko".

Jatkoin matkaani metsän toista laitaa kohti, ensiksi edessäni oli paljon ansoja joka puolella metsikköä, hetken päästä tulin aukiolle. Alueella oli niin paljon ansoja joten oli selvää että siellä piiloteltiin jotain puiden takana. Hitaasti väistelin esteinä toimivat ansat, joidenkin puiden ja ansojen jälkeen metsikön takaa löytyi satama ja kyltti jossa luki "Piilotettu ei satama".

Satamassa oli laiva mikä ei kyllä vastannut kuvitelmiani mutta oli kelpuuttava. Nostin ankkurin ja lähdin laivalla liikkeelle, hetkeä ennen kuin pääsin eteenpäin; laivaan hyppäsi kaksitoista miestä ja naista. Heillä ainoastaan ei ollut kyytiä eikä kapteenia. He halusivat kyydin toiselle mantereelle, nimesin heidät Aitolaisiksi ja matkamme alkoi kohti toista mannerta.

Nimi: Sandra, Päivä kaksi

Me elämme aikaa melkein 1553 kesän hetkeä, me olemme seilanneet ranta saarilta poispäin ja matkamme on jo alkanut käydä tylsäksi. Laivamme ympärillä on korkeaa aavaa merta, näky puskee minua muistoihini. Ensimmäinen muisto mikä tulee mieleeni on kuinka setäni antoi minulle metalli kellon syntymäpäivä lahjaksi ja sanoi:

"Sinun ei tarvitse huolehtia ollaksesi kiireessä, voit aina katsoa kelloa ja ajatella että se ei ole edes vielä nollaa."

Muisto on lähellä sydäntä povitaskussani turvassa, hopeisen tiimalaisin muodossa. Jos olen tarkka en ole ollut kiireinen siitä lähtien eikä kello ole näyttänyt nollaa vieläkään niin kuin ei tiimalasini hiekkakaan ole kadonnut jäljettömiin. Matkani syy on mennä merenkulkuvälineellä kolmen pisteen saarelle jonka kautta Mathildan saarelle. Siellä pyrin ostamaan rustiikki narua minun kehittelemääni kivensiirto-välineeseen jota rakennan kotona.

Päivä on jo kaksitoista ja puoli sekä laivan kokki huutaa kaikkia laivan matkustajia syömään asiaansa liittyviä lohipiiraita tai jotain saman kuuloista. Päätin mennä kohti huutoa koska on mukavampi nukkua täydellä vatsalla riippuvassa patjassani. Kun tulin ruokailu reissultani törmäsin mastopoikaan joka kertoi neljästä papukaijasta jotka olivat laulaneet hänelle, joka taas oli huokunut tulevasta myrskystä huomenna. Hän oli jutellut jo kapteenin kanssa asiasta.

Päätin mennä ruuan jälkeen nukkumapaikkaani saamaan unta. Nukahdin tynnyreiden kolinaan jotka meren aaltoliike heilautteli seiniin. Kohtelias ilmapiiri tyynnytti minut syvään uneen.

Toisen päivän loppu on lähellä, heräsin juuri ja näin viimeiset auringon kimallukset horisontissa, näky herätti muistoja baari tappelusta jota jouduin todistamaan Viini pyörteen majatalossa kolkuttaen omatuntoani.

Kun näin lakimiehen ja viinin myyjän tappelevan makeasta kaljasta; kumpi sai tarjota sen tarjoilijalle. Olisin halunnut sotkea itseni sotkuiseen keskusteluun jottei minun olisi tarvinnut todistaa näkyvää tappelua. He tappelivat nyrkein, he olivat humalassa ja siksi heiltä puuttui sosiaalisia taitoja. Onnekkaasti kova ääninen tappelu sai loppunsa kun baarin vartija sammutti valon lähteen pois. Olen iloinen siitä että joka päivällä on loppunsa, toisin jos olisi tylsää tulisi.

Ihmettelen tähtiä ja yksi papukaija laskeutui viereeni ja ajattelin että se saattoi olla yksi niistä jotka mastopoika näki aiemmin. Lintu oli äänekäs ja kuulosti ihan kuin se sanoisi "Kakunteki käänsi väänsi." En ymmärtänyt mitään mitä se tarkoitti. Papukaija oli varmaan kuunnellut jonkin saaren asukkaita ja toisteli noita sanoja siksi. Kysyin papukaijalta että " Onko Kakunteki leipuri?" papukaija vastasi heti "Olet täsmälleen oikeassa" . Ajattelin että tuo oli arvoitus mutta lintu lähti vastauksen jälkeen. Menin nukkuma osastooni kannen alle mutta huoneen lattialla oli kalastus välineitä. Siivosin ne nurkkaan ja vaivuin uneen.

Laivan keittiössä voi saada napaa polttavia juomia aamun aikaisilla tunneilla minkä avulla voi kestää laivassa minkälaisia aaltoja tahansa. Minä kohdistin päivän alun ensin keittiötä kohti menemiseen kunhan sain vaatteet päälle. Aamun kahvia ennen ajattelin hetken itseäni ja määränpäätäni.

Olen koko elämäni vältellyt ongelmia ja tilanteita joissa voisi olla niin vaarallista että pitäisi puolustautua jotenkin koska en osaa tehdä niin enkä tiedä kuinka edes voisin puolustautua. Siksi en halua edes todistaa tappeluita sekä muita kahakoita.

Rakentelen rauhassa kotona keksintöjäni poissa pahantekijöiden näköpiiristä. Tämän hetkinen rakennelmani on kiven siirto koje joka siirtää kiviä kolmen metrin korkeuteen ilman aiemmin tarvitsemaa nosto voimaa.

Kahvi alue on täynnä kovan näköisiä merirosvoja ja kalastajia kenen tarinat täyttäisivät jäätävillä kalapuikoilla maalla olevien naisen iskijöiden housut. En voi olla alueella kuuntelemassa karskien tyyppien juttuja ja lähden kahvini kanssa kannelle. Kapteeni James Keppi seisoo laivan ohjaus ratin takana, lähes laivan kannen reunalla. Päätän mennä hänen lähelleen ja katsoa kuinka meri jättää laivamme. Kapteeni sanoo: " Meidän pitää muuttaa kurssia koska myrsky lähestyy, mutta olemme saarella samaan aikaan kuin ilman kurssin muutosta ja myrskyä". Ryhmä lentokaloja uivat lähellä laivaa. Pienet saaret alkavat olla näkyvissä matkan päässä mikä on merkki siitä että Mathildan saaristo on lähestymässä.

Pieni hetki merellä, vauhtimme hidastuu ja ankkuri tiputetaan "Kling!" Ääni kuuluu kun se koskettaa meren pohjaa, ääni kantautuu hyvin vettä pitkin.

Nyt ostamaan vähän narua, toivon että siellä on mukavia myyjiä ja reiluja kaupankävijöitä tori alueella Mathildan rannalla. Saarella on iso tori ja paljon viihdyttäjiä. Kadut täynnä musiikkia, ääniä ja paljon ihmisiä, ilmapiirin villeys piilottaa minun tapaisen hiljaisen arkkitehdin.

Löysin kojun mikä myy narua jota etsin. Myyjä on kiireinen laskiessaan rahoja. Katselen naruja sillä aikaa. Yhtäkkiä joku tummiin pukeutunut hahmo ilmestyy viereeni seisomaan pyytäen rahaa minulta. Pelästyn ja säikäytys pistää minut salaman nopeasti muistamaan jotain, muisto koskee äitiäni, äiti vierittämässä palloa minua kohti kun olin seitsemän vuotias.

Käytän nyt muistoa hyväksi nopeasti tässä tilanteessa, otan perunan kojun hyllyltä heitän sen pyörivällä liikkeellä kohti läheistä tynnyrikojun ylänurkkaa; kuin pallon joka vapauttaa kasan tynnyreitä tummiin pukeutuneen ryöstäjän päälle "Ugh, Auts"

Ryöväri jäi tynnyrikasan alle. Olen ihmeissäni että mitä pystyin tekemään ja että minulla on tuollaisia taitoja ehkä nimeltä vaistot. Odotan jo pääsyä muualle "Nyt tarvitsen rustiikki narun pätkän ja tässä kolikot siitä, minun pitää mennä". teimme vaihtokaupan ja lähdin jatkamaan matkaani.

Ensimmäinen tilanne jossa minun piti puolustautua ja käytin omia taitojani "Wou!" näyttää siltä että käytin muistojani kokemuksistani perunan heittämisessä pallon kierimisen sijaan, aika siistiä. En ollut kiinnostunut ryöstäjästä ja päätin lähteä ratsastaen hevosen nopeutta seuraten rantaviivaa ostetun rustiikki narun kanssa.

Mikhael - Ryöstöjen harrastaja, päivä kolme.

Muistan lähes en mitään viimeisestä päivästä mutta olen täällä vankisellissä jonkin naisen takia. Se reaktio jonka nainen teki jäi kyllä mieleeni. En ole nähnyt vastaavaa ikinä aiemmin ja minulla on päässä kuhmu muistuttamassa siitä.

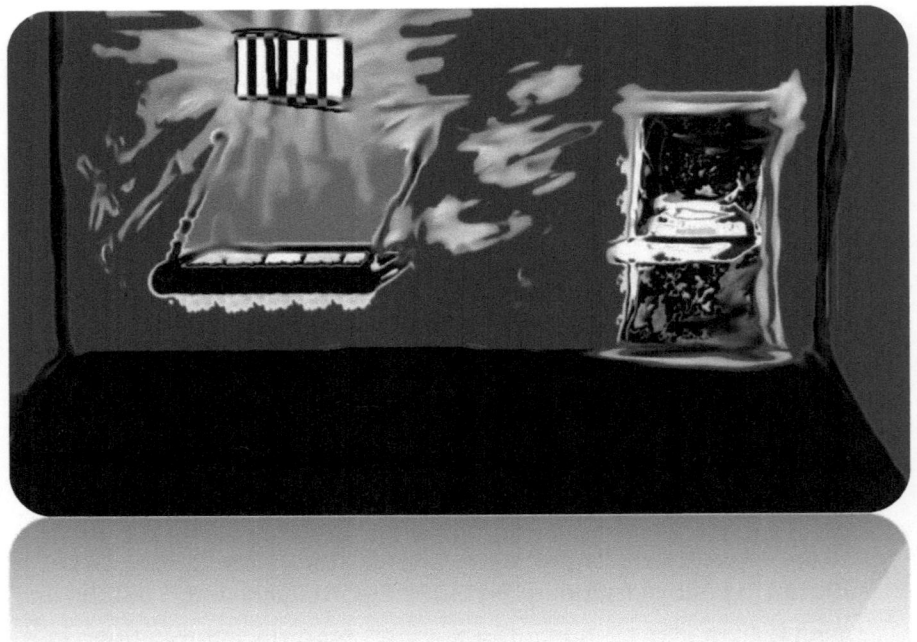

Toisipa jo töykeä vartija ruuan minulle, päivä on jo mennyt puoleen ja minulla on vain raavitut seinät seurana. Aion katsoa sellin luukusta mitä vartija tekee.

Vartija viheltelee jotain ja pyörittää avaimiaan vastapäivän suuntaan joka näyttää oudolle verrattuna aiempaan kun olen nähnyt hänen pyörittävän niitä. Se näyttää tosiaan oudolle.

Muistan kun kaksikymmentä vuotta sitten joku sanoi minulle "Et voi saada mitään jos et osaa puhua kunnolla". Siitä päivästä eteenpäin olen pitänyt suuni kiinni. Olen aina halunnut oman talon kaupungista, mutta keinot ovat olleet ulottumattomissa. En ole onnistunut saamaan rahaa moiseen. Nyt istun vankisellin penkillä ja ikävöin vapautta.

Ruoka-aika alkoi juuri, vartija aukaisi oven luukun ja sanoi "Viis kaks, otas tästä jotain millä ruokit mahaasi, muutaman tunnin päästä on vapaus-testi" ja tyrkkäsi sellini puolelle vähän makkarakeittoa sekä puolikkaan leivän. Taas kerran on mentävä Päättäjien eteen ketkä päättävät kohtaloni koskien vankina olemista. Jos onnistun vastaamaan oikein kysymyksiin joita minulta kysytään olen vapaa mies. Aiemmin olen epäonnistunut vastauksissa ja joutunut kärsimään pitempään sellissä.

Nyt on aika mennä ja vastata. Kävelen sinistä käytävää pitkin kohti tuttua huonetta missä on kolme tuomaria odottamassa kyselläkseen ja arvuutellakseen minua.

Kysymysten aika. "Viisi Kaksi. Onko veri paksumpaa kuin vesi?" kysymys tuntui vaikealta kuin mitä pystyin ajattelemaan mutta tunsin tuntemuksen liikuttaa huuliani ja leukaani sanoakseni jotain. Outoa mutta luotin tuohon tuntemukseen ja annoin suuni lausua "samalla tavalla kuin muta kiveen verrattuna" Tuomarit olivat vakuuttuneita ja ihmeissään. Hetken he keskustelivat äänekkäästi lausuen kommentteja kuten "Hän vaikuttaa olevan oikeassa" "Tuo on oikein" "Todella ihmeellisen tarkkaa". "Ensimmäinen kerta kun yllätät meidät Viisi Kaksi". "Kysytäänpä vielä yksi kysymys" "Mitä leipuri ottaa ilman lupaa?" Vastasin heti "Vettä kielellesi" Kun tuomarit ja vartija kuulivat mitä sanoin he sanoivat että olen viaton kansalainen enkä kukaan kenen pitää olla vangittuna ja minun pitäisi olla runoilija kun olen niin sanavalmis. Nyt tiedän miten voisin saada talon kaupungilta, pormestari pitää runoista ja juuri arvostaa sellaisia verbaalisia lahjoja joita minulla taitaa nyt olla.

Päivä neljä, 1553 Jefrey

Olin syömässä aamupalaa Kaura Juuren kolmannen keittiön tauko huoneessa, milloin piti päästä linnan seinästä eroon, seinän rumuus kävi silmiin jo ensimmäisellä viikolla. Nyt minulla on seinävasara johon on liitetty voimametalli ja pääsen helposti käsiksi seinän hajottamiseen. Leivän palat on syöty ja saan laittaa kunnostamis-moodin päälle. Naulat pois, vasara laudan alle ja taivutus, rauta tikku lensi helposti, nyt seuraava. Puiset laudat yksi kerrallaan pois, seinä alkaa näyttää riisutulta. Nyt alkaa näkyä seinän toiselle puolelle, seinän takana on violetin ja vihreän värinen esine varjossa. Ehkä seinän rumuus merkitsi jotain tärkeää. En voi odottaa enempää. Minun pitää tietää mikä tuo esine on. Sen täytyy olla antiikkinen juomalasi. Viimeinen lauta on irti ja esine näkyy kokonaan. Se on maljakko purkki joka tuntuu painavalta. Se ei ole suuri kooltaan, sen kyljessä lukee jotain ja siinä on kaiverrettuja kuvia mutta en saa selvää niistä mitä ne ovat.

Luen tekstiä ääneen: "Ei enää ole se vai oliko se poissa yksi vielä ymmärrä kirjan x". Samaan aikaan koitin ymmärtää mitä maljakko purkki sisältää. Ymmärtämättä mitä kuvat merkitsevät, yritän etsiä vihjeitä sisällöstä. Katson esineen pohjaan löytämättä vinkkejä.

Vieläkään en tiedä mitä esineen sisällä on tai mitä tekstit ja kuvat merkitsevät. En tiedä onko sisällä jotain vaarallista. Pohjassa on lisää epäselviä kaiverruksia kuten teksti: "tajuta on ilo jo silloin saat alas tämän" Kun lausuin ääneen nuo sanat; tippuvan veden ääni kuului esineen sisältä, kuin sisällä olisi nestettä. Erikoisen kuuloinen mutta sen outoudesta piittaamatta halusin tietää mitä sisällä oli. viimeiseksi katsoin kantta. Kannessa oli kuva karhusta joka koskettaa käärmeen häntäpäätä ja teksti "Kuin e epäonnistu onnistuaksesi sinun täytyy" ja kaiverrusten päällä teksti "Tehtävä & Peli". En ymmärrä mitä teksti tai kuva tarkoittaa.

Päätän avata purkin ei se vaikuta vaaralliselta. "Plobs" korkki pois purkista, äkkiä huone täyttyy usvasta hetkeksi, en näe mitään, haisee kitkerälle kuin ammoniakki sekoitettuna palavaan ruutiin. Yritän poistaa höyryn pois huoneesta käsilläni mutta se ei poistu mihinkään. Väri vaan muuttuu ja numero kolmetoista ilmestyy eteeni selvästi enkä usko silmiäni. Usva oli yllättävää ensin mutta nyt edessäni on topaasin värinen toivomus henki, joka sanoo matalimmalla mahdollisella äänellä jonka olen kuullut: " Mitä mitä mitä....Se olet sinä sinä sinä Vielä minä näen sinut anteeksi tarkoitan minut Muhahahahaa!" ja kysyy: "Voit toivoa jotain ja se tapahtuu mikä on SYVIN toiveesi?"

Olen ihmeissäni enkä voi hengittää hetkeen, ajattelen että nyt pitää vastata kysymykseen. "Toivon että minulla olisi kyvyt tehdä mitä tahansa". Toivomus henki vastaa: "Niin sinulla on". Hänen äänensä nopeutuu:

">>>Jehahahahahahaa eremus asededede deace<<<"

Koko toivomus-henki katoaa. Menen pöydän ääreen ja käyn piirtämään, onnistuin piirtämään pari viivaa paperille ja pysähdyin, peräännyin muutaman askeleen ja katsoin paperia tarkastellen viivoja koska ne näyttivät erikoisilta. Paperilla oli minun sivuprofiilini täydellisenä ainakin omasta mielestäni ja vain se on tärkeää.

Vaikutan nyt olevani taidokas henkilö tai siltä näyttää. Kokeilen taitojani myöhemmin lisää mutta nyt pitää mennä satamaan juomaan kahvia ja juttelemaan ihmisten kanssa. Pääsyy sinne menoon on myydä pois objekti linssiputki. Kävelen meren rantaa pitkin ja törmään naiseen kuka on pukeutunut mustan harmaaseen takkiin, ruskeaan huiviin ja sinisiin housuihin. Näen että hänellä on jo linssiputki mutta kysyn silti: "Tarvitsetko toista linssiputkea?" Hän vastaa: "Kyllä itse asiassa tarvitsen toisen". Olen mielissäni "Saat sen ilmaiseksi, olen antavalla mielellä". Hän on iloinen ja sanoo "Kiitos paljon nimeni on Sandra" Johon minä vastasin: "Olen Jefrey ja tässä linssiputkesi, näkemisiin." Jatkoin matkaani kohti sataman kahvi kojuja.

Kappale 3 Aika liikkua

Jokainen heikkous ja huonopuoli mitä havaitset toisissa on sinussa; siinä kenet pitää hukata jotta voi kohdata mestarin, opettajan ja varkaan. Jokainen matka alkaa ensimmäisestä liikkeestä, tee mitä vaan, unohda kysyä mitä tehdä; sinä ja kysyvä persoona tiedätte jo vastauksen ilman ajattelua.

Onko sinä komennossa? Unohda sinä ja muille eläminen. Se on vain mielessäsi. Mikä on punaista on sinulle punaista. Hukkaa itsesi ja anna muiden kadota.

Tee asioita mitä haluat tavalla joka on omasi. Anna kätesi näyttää halusi ja hupisi, mieli on rakastaja ja sinä mestari.

Sinä et voi näkyä eikä sinua voida havaita. Sinun näkökulmasi on että olet kaiken luoja, älä myy sinun oikeuksia tunteille tai tunne tiloille. Tämän tapainen vapaa tahto on harvinaista ja vaikeaa löytää, käytä jumalallista takaovi oikoreittiä; seuraa virtausta.

Hei sinä... Sinun ei tarvitse olla materialistinen, sinun ei tarvitse paeta tunteitasi, et voi muuttaa totuutta, et voi käyttää asioita ihmisinä, ei ole tarvetta paeta todellisuutta, ole vapaa menneisyydestä, nyt usko itseesi niin kaikki palat tippuvat paikalleen, voit kysyä mitä vaan niin sinulle voidaan vastata, ymmärrä totuutta, unelmiasi, tunne universumi; se on kaikki ympärilläsi > ajattele tätä..

Se ei ole vain tähdet yläpuolellasi.. anna itsesi olla se joka olet sydämeltäsi ja hengeltäsi... Tee mitä vaan todella haluat tehdä ja milloin ikinä haluat eniten tehdä.. Olet rakastettu. Valheet on nyt olemattomissa ja ne muokkautuvat positiivisten kaverieni avulla aseiksi "Lelujen tekijää" vastaan joka ei tiennyt mikä on meininki kun valheet katoavat täältä maailmasta.

Onnistuin muovaamaan "Huonojen" mielipidettä luonnostaan tarinoillani ja muilla jutuilla vähän kohti heidän sydäntensä avausta.

Kun kerroin taruja "Huonoille" he tajusivat mitä hauskaa positiiviset henget ovat ja kuinka legendaarisia kukakin on sekä kuinka menneisyys on menneisyyttä ja muisti on työkalu mistä voi hyötyä niin kuin myös kokemuksistakin.

He oppivat että on paljon voimakkaampia ja positiivisen nautittavia asioita oikeassa maailmassa kuin "negatiiviset juoma yhdistelmät"; sekä ne tunnetilat mitä "huonot" olivat pystyneet tuntemaan valheiden läpi.

"Olen täysin varma että tämä "Paha maailma" ei ole todellisuus jolla tarkoitan oikeaa maailmaa.

..."Lelujen tekijä" on tuolla jossain ja niin on totuuskin! Otetaan selvää mitä kaikki on ilman valheita.

Kappale 4 "Oranssi rangaistus"

Alan pikkuhiljaa muistamaan miksi olen täällä, sillä on jotain tekemistä "Lelujen" ulkonäön muistuttavan kavereitani ja millä nimellä "Huonot" minua kutsuvat.

Taidan olla karannut sieltä missä "Lelujen" tekijä tekee niitä ja siksi te "huonot" kutsutte minua Nalleksi... Minun pitäisi olla vangittuna ja tilallani kuuluisi olla nallen näköinen "Lelu" koska näytän vähän nalle-karhulta. Hmm... tiedän että te "huonot" olette jumitetut juomillanne niin ettette muista polkua sinne missä positiiviset henget ovat vangittuina olemattomuuteen; hei sepä se! Olemattomuus! Se voi hyvinkin olla jonkin paikan nimi ja se jopa kuulostaa seikkailulta; ehkä siksi kun te "Huonot" olette sen verran tokkurassa eteneminen on hidasta mutta joka tapauksessa kokemusrikas reissu on edessämme."

"Mikä on läheisin muisto jonka muistatte menneisyydestä?" Jotkut "Huonoista" sanoivat: "tulevaisuuden oloinen seksuaalisuus keidas nimeltä Oranssi Rangaistus". "Joo me vaihdettiin sen paikan naisten kanssa jotain että saatiin "leluja" ja muita esineitä liittyen juoma-yhdistelmiin sekä tunteiden muuttamisiin".

Hyvä että he ovat jo alkaneet muistaa jotain, "Meidän täytyy matkustaa sinne siis, vaihdetaan ne takaisin, voimme sentään yrittää edes" minä sanoin. "Huonot" lausuivat yhteen ääneen "Niin me voimme" ja me lähdimme Mustasta Linnakkeesta kohti Oranssia Rangaistusta.

Matkalla sinne näimme hänet jonka oikea nimi on..."Hei se olet sinä; herra täydellinen, herra "Kuolema"" sanoi "Lelujen herra" keskeyttäen minut ja jatkoi: "Nyt meillä on herra "Kipu" eli Nalle ja "Kuolema" eli herra täydellisyys, mikään ei voi pysäyttää meitä Haha."

En ihan käsittänyt että mitä hän noilla sanoilla tarkoitti mutta "Kiva nähdä sinua täällä" Olin yllättynyt, en tuntenut häntä hirveän hyvin mutta oli hyvä juttu että joku muukin oli päässyt pakoon Olemattomuudesta jos se oli tapauksena.

"Me ollaan menossa Oranssiin Rangaistukseen vaihtamaan jotain tavaroita sen paikan naisten kanssa, voit liittyä porukkaan jos haluat "Kuolema"?" johon hän vastasi "Mikä ettei, olen erittäin ystävällisissä väleissä sen paikan naisten kanssa." Joku "Huonoista" sanoi "Tietysti hän on haha" Katsoin tuota sanojaa silmiin kyseenalaisesti: "Joka tapauksessa jatketaan matkaa.."

Joitain hetkiä myöhemmin me saavuimme "Oranssiin Rangaistukseen".

"Kuka on johtajana täällä? Haluan mitätöidä vaihtokaupan. Me ei tarvita enää näitä välineitä, antakaa takaisin se mihin vaihdoimme viimeksi nämä välineet". Se oli henkilö nimeltään... "Hei tuo on "Rohkeus"! Yksi "Huonoista" keskeytti ajatukseni. Minä reagoin "Hei se olet sinä, olen iloinen kun törmättiin".

"Rohkeus" on joku joka on ollut kahleissa ja joutunut rakentamaan aseita "Huonoille" ja muille heidän kaltaisilleen niihin peleihin joita edellä mainitut pelasivat.

Oranssin Rangaistuksen myyjät eivät tarvinneet aseita joten "Rohkeus" oli helppo vaihtaa takaisin. Seuraavaksi meidän pitää tehdä vähän vaikeampi tehtävä, yksi on varmaa; meidän täytyy etsiä "Lelujen tekijä" jotta voidaan pelastaa ja vapauttaa muut positiiviset henget Olemattomuudesta. "Minä tiedän minne mennään seuraavaksi" "Rohkeus" sanoi, "Demonin Kurkkuun" hän jatkoi. "Huonot" alkoivat täristä tai mitä olikaan ja kysyivät " De, de, demonin Ku kurkkuunko?" johon minä vastasin "Kyllä "Rohkeus" sanoi niin joten niin me teemme". "Mu mutta miksi? Miksi meillä on niin hyvä onni että pääsemme noin siistin ja eeppisen nimiseen paikkaan? Onko se läävä vai mikä" Muutama "Huonoista" kysyi. Minä vastasin heille "Vain "Rohkeus" tietää sen paikan mutta minusta tuntuu että se tulee olemaan hauska reissu vähintään". Sitten "Rohkeus" sanoi "Paras paikka pelata ja kokea asioita, kuulin että paikan omistajalla on "Leluja"". Minä jatkoin: "...ja minne meillä on nyt kova hinku matkustaa, olen innokas kuulemaan omistajan tarinan mistä hän on saanut "Lelunsa".

Me eli minä, "Kuolema", "Rohkeus" ja joukko "Huonoja" aloimme patikoimaan kohti paikkaa nimeltä Demonin Kurkku.

Lähellä Demonin Kurkkua oli rautatien raiteet ja kauhuksemme raiteille oli jätetty "Leluja", meidän oli pakko nostaa esineet pois raiteilta koska kuka ties miten ne olivat yhteydessä elollisiin versioihin. Odotas mitä juuri ajattelin - yhteydessä elollisiin versioihin? ne ovat kaverieni epäelolliset versiot ja "Lelut" on annettu joidenkin rakkaiden tilalle; positiiviset persoonat on muunnettu "Leluiksi".

Joku on selityksen velkaa... Joku - Minusta "Lelujen" tekijä ja hänen alaisensa - pitelee joitain positiivisia persoonia poissa rakkaittensa luota... ja on antanut tavaroita aitojen ihmisten tilalle.

Kohta olimme perillä. Demonin Kurkussa oli pelejä joissa voi voittaa "Leluja" palkinnoiksi. Outo musiikki soi taustalla.

Paikka oli mystisen outo, siellä oli jopa elämän todellisuutta vaihtava kone missä istutaan pehmeässä penkissä tai maataan patjalla, musiikkia ja ääniä kuuluu ja kone heiluu. Laitteen nimi oli "Virtuaalinen jännitys". Meni hetki kunnes löysimme asiakkaiden sekamelskasta paikan henkilökunnan jäsenen. Me kysyimme milloin ja mistä Demonin Kurkun henkilökunnan jäsenet olivat saaneet "Lelu" palkinnot pelikoneisiin, he sanoivat että viisi päivää sitten joltain hämärältä hahmolta ilmaiseksi Demonin kurkun takapihalla.

Kappale 5 Kirkkaasti sinne.

Demonin Kurkun jälkeen meillä oli nälkä ja yksi "Huonoista" ehdotti idean jolla kouluttaa nälkäiset vatsamme, eli käymällä ravintolassa nimeltä Indigo Makeakauppa.

Paikka sijaitsi muutaman kilometrin päässä peliluolasta.

Kun me saavuimme ravintolaan me tilasimme ruokaa ja näimme myyjän olkapäällä "Lelun". Kysyin mistä hän oli saanut sen ja milloin. Hän vastasi: "En muista missä, siitä on noin viikko mutta joko matkalla tänne töihin tai työpaikan pihalla ja asun Oranssin rangaistuksen vieressä".

Me söimme ja sitten kehittelimme suunnitelman löytää "Lelujen tekijä": tekijä etsii aitoja persoonia vangitakseen ja jonka tilalle vaihtaa esine. Joten me tarvitsemme houkuttimen, harhautuksen vangitsijalle, kunhan keksimme ansalle hyvän paikan. Yksi meistä voisi olla houkuttimena ja "Huonot" voisivat olla tarvitsijoina jotka haluavat tietyn esineen jonkalainen houkuttimemme olisi.

Meillehän oli nyt selvää mistä kukakin oli saanut "Lelut". Laskimme yhteen milloin tai mistä ne oli saatu luoden meille vihje jonon joka johdattaa meidät suunnitelman toteuttamiseen optimaalisen paikan. Ensiksi Oranssi Rangaistus sitten "Huonot", Demonin Kurkku ja viimeiseksi Indigo Makeakauppa. Jos me katsotaan karttaa ja piirretään viiva paikasta toiseen muoto näyttää melkein neliöltä. "Minusta "Lelujen" tekijä on Oranssin Rangaistuksen ja Indigo Makeakaupan välissä. Minä olen houkutin!": "Rohkeus" vihjaisi.

"Se on ookoo mutta sinut pitää naamioida ettei tekijä tunnista sinua koska sinut on jo myyty aiemmin". Minä sanoin.

Muutama "Huono" valmistautuivat kohtaamaan "Lelujen tekijän" ja aikoivat vaatia tekijältä lelua joka näyttää maskeeratulta "Rohkeudelta".

Nyt kaikki on valmista juonessamme paitsi ansa. Tarvitsemme verkon, narua, jotain painavaa vastapainoksi ja lehtiä tai vastaavaa ansan peittämiseen. Pienen keskustelun jälkeen ymmärsimme että ne mitä tarvitsemme löytyvät paikoista joissa aiemmin olimme käyneet, verkko Oranssista Rangaistuksesta, naru "Huonojen" linnakkeesta, painava tavara Demonin Kurkusta ja peittely tavarat Indigo Makeakaupasta.

Asetamme ansan Demonin Kurkun lähelle hylätylle pihalle, paikkaan nimeltä Hyppivä Variksenpelätin, se on pelottavan laatuinen paikka; vaikea odottaa että me oltaisiin siellä.

Kun ansa oli valmistumassa "Huonot" löysivät paikkaan jossa voisi vaatia tietynlaisia "Leluja".

"Huonot" laittoivat tarpeen lelujen tekijää varten ja kertoivat että halutunlainen persoona käyskentelee Hyppivällä Variksenpelättimellä. "Lelujen" tekijä oli valmis tehtävään ja lähti pyydystämään avutonta sielua Hyppivästä Variksenpelättimestä.

Olemme piilossa puskissa jotka ympäröivät Hyppivää Variksenpelätintä ja odotamme "Huonojen" antamaa merkkiä, ansa on viritetty ja kaikki on valmiina saamaan "Lelujen tekijän" ansaan. Jotkut "Huonoista" juttelevat tekijälle jotta harhauttaisivat häntä hiukan ja maskeerattu "Rohkeus" kävelee ympäriinsä toisella puolella aluetta, ansa on "Rohkeuden" ja "Huonojen" välimaastossa.

Ansa on viritettynä, tekijä ottaa pari askelta "Rohkeutta" päin ja on ansan päällä ,"Huonot" antavat merkin, minä ja "Kuolema" vedämme narusta. Verkko kiristyy ja "Lelujen" tekijä on kiinni. Nyt kun olemme saaneet tekijän nalkkiin meillä on asiaa hänelle.

"HEI SINÄ!!!" huusi "Kuolema" pyydystetylle. "Niin sinä siellä verkossa, mitä tämä "Lelu" juttu meinaa oikein?". Tekijä vastasi: "En halua ongelmia olen vain hyvä tekemään esineitä, enkä tiedä kenenkään katoamisesta mitään, kysy portin vartijalta niistä asioista, hän saa ihmisiä katoamaan portin kautta."

Nyt kun tiedämme tuon ja uskomme että tekijä puhuu totta me otamme tämän vakavasti. "Missä on tuo portti ja onko portin vartija siellä missä portti on?" Tekijä vastasi: "Kyllä, portti ja vartija ovat 105 askelta Oranssilta Rangaistukselta länteen, teräväkärkisien kivien välistä". Me päästimme tekijän vapaaksi ja aloimme matkata kohti ystäviemme pelastamista...

Kappale 6 Valmiina lähtöön.

Laskimme askeleemme Oranssilta Rangaistukselta teräväkärkisten kivien välistä ja hetkeä myöhemmin näimme suuren portin näköisen rakennelman edessämme. Se oli todella maagisen näköinen aparaatti sinisellä ulkopinnalla ja portin sisällä oli jotain käsittämätöntä jota ei voi sanoin kuvata, se oli kuin jotain taikuutta. Vasemmalla puolella porttia joku oli nukkumassa nojaten porttiin ja kuka muukaan se voisi olla kuin portin vartija. Jotkut "Huonoista" huusi nukkuvalle vartijalle: "Hei, kuuluuko nukkuminen työnkuvaasi!?" herättäen vartijan. Portin vartija nousi ylös ja sanoi: " En minä ole nukkumassa ainakaan enää, näettekö ja ketä te olette jos saan kysyä?" Minä sanoin: "Olemme ystäviä ja oletko sinä portin vartija? Jos olet voitko laskea meidät portista toiselle puolelle, sinne minne ihmiset katoavat täältä puolelta?" Noihin kysymyksiin vartija nauroi ja sanoi: "Kyllä minä olen portin vartija ja paikka jota etsitte on Näkymättömyyden Pyhättö mutta voitte yllättyä mitä toisella puolella on, jopa minä en ole halukas menemään sinne; sen todellisuus kertoo karmistuttavia vitsejä ja paikalla on ainutlaatuinen henkisyys. Jos haluatte tulla takaisin sieltä joudutte selvittämään pulmia ja teidän pitää löytää pyhätön portin vartija sekä portti josta pääse tänne tai jonnekin muualle. Tässä vinkki; pyhätön portinvartija pitää peleistä". Portin vartija painoi portin vieressä olevaa muutamaa vipua, painoi yhtä nappia ja käänsi ratasta; asettaakseen oikean osoitteen ja avatakseen portin meille Näkymättömyyden Pyhättöön..

Meidän ihmeeksemme portin sisusta mikä aiemmin koostui jostain sanoin kuvailemattomasta oli nyt kuin ikkuna toiseen maailmaan.

Portin vartija kuiskasi: "se on teleportti", johon minä sanoin: "kuinka

se toimii? samaan aikaan vahingossa astuin sisään portista.

Kappale 7 Toisella puolen

Tunnun tippuvan, ympärilläni on sinistä valoa joka vilkkuu, hetken päästä jalkani osuvat hennosti näkymättömiin portaisiin, mutta kun katson mistä rappuset alkavat näen vain sinistä vilkkuvaa valoa. Edessäni on rappuset jonka sivuilla on seinät jotka näyttävät kuin jostain vanhasta linnasta. Tällä puolen kaikki on vähän erilaista. Otin muutaman askeleen rappusia ylöspäin ja takanani oleva sininen valo vaihtui aukottomaan seinään. Minulla ei ole ideaa missä "Rohkeus", "Kuolema" tai "Huonot" ovat. Tämän paikan tunnelma muistuttaa painajaista.

Yritin huutaa: "Onko siellä ketään?" vain rikkinäinen kaiku vastasi:
"Kukaan täällä". Aloin seikkailla käytävillä toivoen että löytäisin
"Rohkeuden" ja muut. Paikka on kuin labyrintti tai siltä näyttää sekä
seinillä ei ole kuin pölyä ja violetteja hämähäkin seittejä. käytävä on
hieman valaistu katossa olevien pienien reikien ansiosta.

Äkkiä kuudennen kulman takaa löydän käytävän levyiset rappuset
ja kuulen askelia edestä alhaalta. Yritän huutaa: "Kuka siellä
kulkee?" tällä kertaa joku huutaa takaisin:

"Älä pelkää, olen joku ketä et voi kuvitella edes kohtaavasi, tule
sieltä alas tänne". Askeleet loppuivat. En tiedä kuka se voi olla ja
aloin menemään alas rappusia. Mitä alemmas astelin sitä
pimeämpää oli.

Olen nyt rappusten alapäässä, on säkki pimeää - ei näkyvyyttä. Sitten raskas basson tapainen ääni parin metrin päästä kuuluu: "Minä tunnistin äänen painosi ja sanavalintasi. Sinä et voi olla kukaan muu kuin se jolla on todellisia tarinoita. Nalle, anteeksi etten esittäytynyt, on aika pimeää täällä".

Olen ällikällä lyöty koska tämä on joku tuttavallinen tyyppi, kenestä en ole kuullut elinaikaan. "Sinä et voi olla?! Sinun täytyy olla...!" Ennen kuin sain sanottua hänen nimensä toisen hahmon ääni keskeyttää lauseeni: "Pelko! Hän on herra Pelko" ja tällä kertaa keskeyttäjä on taas yksi "Huonoista".

Sitten "Pelko" onnistui sytyttämään yhden tulitikuistaan ja sillä pisti palamaan soihdun joka lojui maassa. Kättelimme toisiamme: "Minä luulin että olet vain legenda ja että sinä olet vain olemassa tarinoissa, sinunlainen ei voi olla olemassa olet liian todellinen": minä ja "Huono" sanoimme. Mihin "Pelko" vastasi:

"Joka tarinassa on ripaus totuutta, mutta tässä on enemmän kuin kämmenellinen".

Hänellä jopa oli samantapainen pääkallo sormus kuin minulla keskisormessa. Olen nyt löytänyt uuden ystävän. Sanoin:

"Meidän pitäisi selvittää tämä sokkelo, etsiä muut ja saada tietoisuus siitä mitä oikeasti on tapahtumassa".

Aloimme etsiä muita Näkymättömyyden Pyhätön syvyyksistä. Muutaman tunnin päästä tulimme suureen saliin, emme olleet yksin, keskellä salia oli nuotio, suuret aukot seilissä ja kaksi henkilöä seisomassa toisella puolen aluetta katsomassa meitä. He lähestyivät meitä: "Te, ette tiedä, taidatte olla hukassa, tai jotain, täällä teillä on vain... Ystäviä, ha, ha, ha!" tämä ei voi olla. Varovasti kysyin toiselta:

"Sano jotain jotta voin olla varma" ja toinen vastasi: "Sinäkö epävarma et ikinä".

Minun helpotuksekseni nämä kaksi olivat... "Viisaus" ja "Kateus". Kaksi aitoa ystävääni jostain kaukaisesta elämästä jota en kunnolla muista. "Kuinka te kaksi olette täällä?"

Vain "Viisaus" pystyi selittämään. "Me ollaan täällä koska tämä on meidän aito kotimme, meidän maailmamme ja joka sanotaan nyt toi ihmisiä tänne haluaa pitää tämän paikan olemattomuudessa jotta onnellisuuden salaisuudet pysyisivät poissa kaikkien tietoisuudesta. Minä ja "Kateus" ollaan yritetty etsiä niitä ketkä on vastuussa mutta taitomme ei ihan ole vielä riittänyt siihen". En voinut uskoa korviani:

"Hmm kuulostaa raskaalta kamalta, en tajunnut asioiden voimakkuuksia ja olen iloinen että sain nyt tietää totuuksia tästä paikasta..."

Kappale 8 Kummituksen omainen löytö

Nyt meillä on valoa, ei mitään pelättävää sekä meillä on lisää tietoa edeltävälle retkelle. Kun menimme läpi tälle puolelle portista jollain oli sellainen vaikutus joka johti siihen minne jokainen meistä päätyi tällä puolella. "Huono" sanoi että kuuli joitain ääniä tunnelista joka johti alas syvemmälle mutta oli liian pelokas tutkiakseen äänen lähdettä. Nyt ei ole mitään pelättävää, "Pelko" tietää tämän faktana koska hän on hiippaillut käytäviä ja tunneleita pitkin monta päivää eikä ole löytänyt vaaroja.

Vain hämähäkit näyttävät vaarallisilta mutta ne vain syövät pieniä ötököitä. Me päätimme liikkua suuresta huoneesta kohti tunnelin toista päätyä. Ääni jonka nyt kuulimme muistutti naurua joka oli tutun kuuloinen ja pienen hetken kuluttua se kuulosti siltä kuin joku puhuisi mutta emme saaneet selvää mitä sanoja puhuja käytti. Me astelimme rohkeasti lähemmäs.

Tunnelin loppupäässä oli ovi, jonka reunoista karkasi valo tunneliin.

Me odotimme muutaman sekunnin ja avasimme oven hitaasti. Meidän ihmetykseksemme se oli "Rohkeus" muutama "Huono" ja joku ketä en ihan tunnistanut, yksi "Huonoista" huoneessa sanoi:

 "Tämä tässä on "Totuus" ja hän on ystävällinen".

En ole varma miksi tunnen että olen joskus tavannut tämän "Totuuden":

"Aina on kiva tavata uusia ja tuttuja kasvoja" sanoin.

"Huonot", "Rohkeus" ja "Totuus" olivat kertoilleet vitsejä koko tämän ajan siitä asti kun löysivät toisensa. se "Huono" joka löysi minut ja "Pelon" ei sen takia uskaltanut edetä tunnelista kuuluvaa ääntä kohti koska kuusi ihmistä nauroi yhtaikaa joka kuulosti aika demoniselta vähintään.

Mutta nyt meitä on monta ja olen varma ettemme voi jäädä jumiin labyrinttiin, eikä vastaan varmaan tule sellaista ongelmallista pulmaa jota meidän joukkueemme ei voisi selvittää lopulta.

"Viisaus" sanoi: "Meidän kannattaa jakaantua kolmen hengen ryhmiin ja yksi neljän eikö?"

Muut hurrasivat "Hyvä idea".

Kappale 9 Missä on "Kuolema"?

Me menimme huoneelta takaoven kautta tunnelien risteykseen, Edessä oli viiden tunnelin oviaukot. Niiden päällä oli erilaiset kuviot kaiverrettuna. "Viisaus", yksi "Huonoista" ja minä olimme ryhmä, me aloimme tutkia ensimmäisenä tunneleita ja menimme ensimmäiseen vasemmalta olevaan tunneliin viidestä.

"Pelko" ja kaksi "Huonoa" olivat toinen ryhmä ja he menivät keskimmäiseen tunneliin. "Rohkeus" ja kaksi "Huonoa" olivat kolmas ryhmä ja he halusivat mennä ensimmäiseen tunneliin oikealta. "Totuus" ja kaksi "Huonoa" valitsivat toisen vasemmalta. Viimeiseksi loput "Huonoista" menivät "Kateuden" kanssa toiseen tunneliin oikealta.

Tunneli johon menimme "Viisauden" kanssa oli ensiksikin täynnä ohutta violettia hämähäkin seittiä ja haisi merirosvon röyhtäisylle, onneksi "Viisaudella" oli pyykkinarun pidikkeitä joilla saimme nenämme tilkittyä hajulta. Jotkin hämähäkit pakenivat kauemmas tunneliin meidän suunnaltamme, ne karkasivat valoa enkä syytä niitä, täällä ei ole ikkunoita josta voisi tulla valoa eivätkä ne ole tottuneita ihmisiin. En usko että täällä on käynyt kukaan pitkään aikaan. Aloimme nähdä sammutettuja soihtuja tunnelin seinillä. Kun sytytimme kaksi niistä, kaikki muut syttyivät tunnelin seiniä pitkin tai ainakin sillä alueella jossa me olimme. Hämähäkit pakenivat seinien halkeamiin.

Kuulimme oven menevän kiinni jossain päin mutta kaikui niin paljon että se teki vaikeaksi paikantaa mistäpäin ääni tuli. Mutta se oli varmaa ettei se kuulunut meidän takaamme.

Sillä aikaa muualla:

"Haluan vastauksia senkin jänis housu tupla silmäinen yksi sitä sontaa". Joku kirosi vihoissaan kulman takana, "Lelujen herra" ei ollut halukas menemään keskustelun väliin, se oli niin kiivaan kuuloista että mitä vain olisi voinut käydä vahingossa jos keskustelua olisi häirinnyt sekä valoisuus oli niin heikkoa että ei meinannut nähdä eteensä.

Sitten yhtäkkiä "Sinä säälittävä sopulirotta" ja "Olet niin sokea ettet näe edes tyhjää ilmaa" lauseiden välissä alueelle tuli soihdun valoa ja joku muu sanoi "Tiedän että valehtelen ja se näkyy joten voitko lopettaa, rukoilen sinua; yritän vain vältellä ongelmia ja voin kertoa totuuden".

Ensimmäinen ääni lausui "Varokin ettet valehtele" kiroilu loppui ja äänen sävy muuttui mukavammaksi: "Kunnioitan sitä, joten kerropas missä on pomosi ja miksi olet houkutellut ihmisiä käyttämään esineitä joidenkin ihmisten poissaolon tilalla?". Sitten "Lelujen herra" kurkisti kulman takaa ja hänen yllätyksekseen kiroileva hahmo oli "Kuolema" ja valehteleva hahmo oli "Valta". Aiemmin ei ollut selvää että kuka oli kuka, paikka kaikuu niin paljon. "Valta" selitti: "Meidän niin sanottu pomomme on "Petos" niminen kaupanpitäjä kuka yrittää tienata rahaa, tavalla jonka tiedätte, myymällä asioita mitkä pistävät olemaan riippuvainen joistain asioista ja ostamaan lisää niitä asioita.

Selityksen jälkeen "Kuolema" ja "Lelujen herra" kysyivät sattuisiko "Vallalla" olemaan karttaa ja hänellä sattui olemaan kartta Näkymättömyyden Pyhätöstä mutta he eivät olleet siellä paikassa. "Valta" ei tiennyt missä he olivat nyt, mutta sanoi kartan olevan "Hakkerin kartta", se näyttää missä heidän ystävänsä ovat tunneleissa, missä he liikkuvat ja milloin. "Mutta vielä yksi juttu, ette voi sanoa heille mitään; edes minulla ei ole sellaisia keinoja ja se on teidän tehtävänne etsiä tie heidän luokseen".

He kaksi jättivät "Vallan" hänen paikallensa ja matkasivat kaksi sataa metriä pitkät kierre portaat löytäen oven pois linnoituksen näköisestä paikasta minne he olivat joutuneet portaalin kautta.

Alue minne ovi aukesi kätki sisäänsä jotain väärää. Horisontti oli täynnä usvaisia mäen nyppylöitä ja satoi. "Jotain puuttuu täältä, on liian hiljaista.." Se oli selvää, siellä pitäisi olla ihmisiä ja asioita joita ihmiset tekisivät, jos ei olisi niitä riippuvuus juttuja jotka pitää ihmiset kiireisinä.

"Kuolema" ja "Lelujen herra" tarkastivat Hakkerin karttaa vihjeiden varalta. Ei ollut yhtään vihjettä missä Näkymättömyyden Pyhättö oli ja se pysyy nyt mysteerinä. He tosin saivat sen verran selvää kartasta että ystävät ovat turvallisessa paikassa ja lähellä toisiaan.

He pystyttivät teltan, tekivät nuotion ja alkoivat odottaa että hyvä idea tulisi korjaamaan tilanteen.

Osa 2 Yksinkertaisesti ei tiedossa

Kappale 10 Yksisuunta

"Pelko" ja kaksi "Huonoa" olivat kävelleet noin tunnin aikaa samaa suoraa tunnelia. He törmäsivät näkymättömään seinään, sen viereisellä seinustalla oli näkymätön vipu, "Pelko" painoi sen alas puoli vahingossa kurottaessaan sytyttääkseen soihdun seinällä ja kuului kimeä kiertävä ääni jonka seurauksena näkymättömältä seinältä näyttävä este avautui. Avautuneessa kammiossa oli mustaa kangasta jonka keskellä oli hahmo istumassa. "Menen katsomaan lähempää" sanoi yksi "Huonoista". Hahmo oli nainen joka väitti olevansa tämän sokkelon portinvartija. "Pelko" kysyi häneltä "Missä on paikan portti ja minne se johtaa?". Portinvartija tarjosi arvoitusta ja sanoi: "Selvittäkää tämä niin teidät voidaan siirtää paikkaan mistä unelmat tulevat". Arvoitus kuului näin:

-?-Mitä sinun pitää olla jotta ratkaiset tämän-?-

"Huonot" olivat tiedottomia eikä "Pelkokaan" tiennyt, mutta he eivät epäilleetkään sen olevan helppoa kun löytävät portinvartijan. He kokeilivat erilaisia lauseita ja sanoja. Vastaus ei ollut mikään niistä. "Pelko" oli luovuttamassa ja sanoi:

"Et voi olla tosissasi sinun pitää vitsailla"...

Tuo lause se oli. Vartija sanoi että portti pitää asettaa ja koodata
ensin ennen kuin ketään voi siirtää minnekään sekä sen
kapasiteetti on rajoitettu, sen avulla pääsee vain paikkaan josta
unet ovat peräisin, mutta ei muualle eikä paluuta ole ainakaan
tänne.

Tällä porukalla ystäviä ei ollut edes tietoa mikä se paikka on, mutta
olivat innokkaina lähteä tutkimaan ennemmin kuin seikkailla ympäri
tylsiä tunneleita.

Nyt heidän piti vielä paikantaa muut tunneleissa tarpojat jotta
matka voi jatkua.

Samaan aikaan ensimmäisessä tunnelissa oikealta:

"Me olemme kävelleet yli tunnin ja näyttää siltä että sokkelo
muuttuu monimutkaisemmaksi mitä syvemmälle me menemme"
sanoi "Kateus" ja heitti kiven seinään tylsistyneenä.

Seinä liikkui ja kääntyi paljastaen huoneen jossa oli kirjahyllyjä,
pöytä, kaksi tuolia ja musiikki alkoi soimaan.

"Huh mitä.." ajatteli yksi "Huonoista" ääneen. Musiikki ei tullut
huoneesta. He tutkivat ja huomasivat että musiikki kuului yhden
kirjahyllyn takaa, he alkoivat mättää kirjoja maahan hyllystä.
Muutaman minuutin jälkeen "Kateus" liikutti yhtä kirjaa joka ei
tippunut hyllystä mutta joka toimi kuin kytkin. Kirjahylly liikkui ja
avautui kuten ovi. Kirjahyllyn takaa paljastui huone; keskellä
huonetta oli pöytä ja pöydällä musiikki-rasia ja lappu jossa luki "-Tie
unelmiin alkaa keskimmäisestä tunnelista-". Joukkio oli innoissaan
ja onnekas, he olivat jättäneet jälkeensä paperi palloja joita

seuraamalla löytäisi helposti takaisin tunnelien risteykseen josta voisi mennä keskimmäiseen tunneliin. Takaisin kestäisi noin tunti kulkea, he ottivat musiikki-rasian tausta musiikiksi ja alkoivat kulkea takaisinpäin.

Kappale 11 "Ajan Demonit"

...Unissa on monia jotka näyttäytyvät painajaisten muodoissa...

"Pelko", "Kateus" ja "Huonot" kerääntyivät tunnelien risteykseen. Minä, "Viisaus" ja yksi "Huonoista" yritimme löytää suljettua ovea, jouduimme umpikujaan. Ajattelimme ääneen:

"..Täällä voi olla salainen kytkin jossain lähellä, tämä on ainut umpikuja täällä..."

...sitten "Viisaus" avasi umpikujan seinän koskettamalla sattumalta yhtä tiettyä seinässä olevaa tiiltä. Kun seinä avautui siellä oli joku henkilö sisällä. Oli pimeää emme nähneet kunnolla. Ääni leikkasi läpi pimeyden ja pölyn täyttämän ilman "Se olen minä, ei temppuja täällä". Johon "Huono" jatkoi: "Inho" ja pimeässä seisova henkilö sanoi: "Napakymppi, olen ainut täällä Näkymättömyyden Pyhätössä jos olette löytäneet "Totuuden" "Pelon" ja "Kateuden". Ainut joka ei ole löytynyt on portin vartija ja hän on lähellä tunnelien risteystä".

Salaisessa paikassa ei ollut mitään muuta. Me emme tienneet miten päästä takaisin tunnelien risteykseen eikä "Inho" tiennyt sitä myöskään. Joten tulimme johtopäätökseen että olemme eksyneet.

Jonkin ajan päästä huomasimme että lattialla oli paljon pölyä ja pystyimme näkemään jalan jälkemme joita seuraamalla pääsimme takaisin tunnelien risteykseen.

Puolentoista tunnin päästä me onnistuimme pääsemään risteykseen jossa muut jo odottivatkin meitä. Heillä oli nuotio ja musiikki-rasiasta kuului iloisen tyylisiä säveliä musiikin muodossa.

"Pelko" sanoi että he löysivät portin vartijan ja että hänellä oli arvoitus jonka he selvittivät vahingossa.

"Pelon" ryhmässä ollut yksi "Huonoista" kertoi että heillä oli keino päästä pois täältä mutta se on yksi suuntainen matka jonnekin muualle kuin takasin pimeään maailmaan.

Kun he kertoivat että seuraavaksi menisimme paikkaan josta unet tulevat tunsin innokkuutta mutta kuiskasin "se ei ole hyvä paikka".

Hetken hiljaisuus laski yllemme kunnes: "Olen ollut siellä ja voimme mennä sinne ihan hyvin vaikka se ei olekaan hyvä paikka. Seuraava määränpäämme on eri ajassa ja kaukana Näkymättömyyden Pyhätöstä." sanoi "Inho".

Joten menimme portin vartijan luo joka selitti muutaman asian paikasta:

"Siellä josta unet tulevat, asuu pelottavia olioita mitkä eivät ymmärrä mitään kieltä, jotka tekevät vain ääniä ja ovat tiellä omaksi huvikseen. Ne tunnetaan nimellä "Ajan Demonit" ja nämä oliot voivat kulkea läpi ajan näkyvinä mutta eivät tilan läpi paikasta toiseen. Joten jos et voi liikuttaa jalkojasi eteenpäin etkä näe loogista syytä liikkumattomuudelle; demoni on edessäsi jossain toisessa ajassa".

Olimme ällistyneitä tästä tiedosta. "Onko muuta mitä haluat kertoa meille?" Kysyi "Totuus".

Portin vartijalla oli vain yksi asia lisätä:

"Varokaa punaista demonia, sillä on pakkomielle varastaa erikoisen näköisiä tavaroita".

Olimme kiitollisia neuvoista, seuraavaksi halusimme mennä portin läpi kohti unien paikkaa, todellisuutta eri ajassa.

Portin vartijaa seuraten meidän porukkamme kulki toiseen tunneliin vasemmalta. Portin vartija avasi kuusi seinää jollain sähköisellä välineellä ja avasi oven suureen huoneeseen jossa oli paljon sähkölaitteita. Keskellä oli portti jonka reunoilla oli kuusi kultaista symbolia. Portin vartija painoi nappeja yhdessä laitteessa ja portti alkoi pitää ääntä, hän sanoi: "Se on toimintavalmis menkää vain läpi siitä".

Yksi kerrallaan me hyppäsimme tuohon toiseen todellisuuden kolkkaan. Olin viimeinen joka hyppäsi porttiin ja sanoin viimeiset sanat vartijalle "Kiitos, me jäämme velkaa sinulle". Hyppäsin seuraavaan maailmaan.

>>>Tunne että tippuu tyhjään tilaan hidastetusti ja kuulee erittäin eeppisen musiikin on miltä aika matkustus tuntuu.<<<

Muutaman minuutin tippumisen jälkeen me laskeuduimme isolle pehmeälle matolle. Matto oli korkealla linnan tornissa. Maisemassa näkyi valkoisia pilviä, purppura tuuli, myrkyn vihreät sadepisarat ja sinertävä sävy ilmassa tuon kaiken välissä.

Suuri ero siihen mistä tulimme.

Musiikki-rasia jonka otimme mukaamme alkoi kuulostamaan erilaiselta, sen äänensävy oli muuttunut eeppisestä hauskaksi ja sävelkorko syvemmäksi.

Meidän taustamusiikki kuulosti nyt sellaiselta miltä sirkus voisi kuulostaa. Välittämättä siitä aloimme saada selville millaisia olivat Ajan Demonit. Oven edessä josta halusimme mennä oli sininen demoni joka teki ärsyttäviä ääniä. "Pelko" ehdotti että yrittäisimme työntää demonisen estelijän oikealle puolelle ovea. Jätimme musiikki-rasian kauemmas oven oikealle puolelle jotta demoni houkuttuisi sitä kohti kun työnsimme. Musiikin äänenvoimakkuus kohosi aina vaan enemmän mitä lähemmäs hirviö sitä pääsi. Hitaasti demoni liikkui. Meidän täytyi napata musiikki-rasia ennen kuin demoni saisi sen. Yksi "Huonoista" piti musiikki-rasiaa demonin lähellä jotta saimme demonin tarpeeksi kauas oviaukolta.

Kaikki me neljätoista pääsimme demonin ohi oviaukosta musiikki-rasian kanssa.

"Kuolema" ja "Lelujen herra" ihmettelivät minne kaverit menivät, Hakkerin kartassa näkyi vain teksti:

"Ei voida jäljittää, maailman nimi salainen".

Heillä oli idea:

"Jatketaan matkaa ja yritetään löytää portti pois täältä."

Meille sitä ei ollut tiedossa missä "Kuolema" ja "Lelujen herra" olivat, mutta pidimme toivoa yllä että olemme matkalla heitä kohti matkatessamme näihin satunnaisiin paikkoihin ja intuitio, se tunne asioista on erittäin vahva ja aina oikeassa tämän tyyppisissä asioissa.

Kappale 12 "Vapaa-pudotus pimennys"

Kaikki seitsemän "Huonoa" tajusivat että heillä ei ollut enää tarvetta "Leluille" eikä päihdyttäville- ja muille riippuvuutta aiheuttaville asioille.

Me löysimme parit leijuvat rappuset jotka johtivat puutarhaan missä oli paljon vihreitä leikattuja pensaita, pensaat olivat noin viiden metrin korkuisia, "Totuus" kiipesi yhden pensaan päälle katsomaan mitä meillä oli käsissämme tällä kertaa.

Hän näki laajan pellollisen vihreitä ja kuparin värisiä pensaita. Pensaiden välissä oli suurehkoja demoneja tekemässä ääniä ja liikuskelemassa. Hän jopa näki yhden punaisen ja joitain penkkejä. Ennen kuin "Totuus" tuli alas hän huomasi että jotkut puskat liikkuivat ja puutarha oli kuin liikkuva labyrintti, jossa oli demoneita vaikeuttamassa kulkua; paitsi tässä tapauksessa me pystymme kiipeämään puskien päälle katsomaan minne seuraavaksi sekä ylittää puskia.

Joten tämä palapeli on aivoton. Vain demonit ovat riesa. Me tarvitsimme tauon ja kävelimme lähimmille penkeille. Nurmi oli pehmeää eikä penkitkään olleet liian kova pintaiset. Kaikki me nukuimme puoli yötä eli noin seitsemän tuntia.

Demoni oli liikkunut lähellemme ja alkoi pitämään ääntä herättäen kaikki muut paitsi "Rohkeuden" jolla oli ruohoa korvatulppina. Me herätimme hänet tökkimällä. Oli aika liikkua pidemmälle puutarhaan.

Olimme kävelleet noin kaksi tuntia ja näimme puisen kyltin jossa luki: "-Vapaa-pudotus pimennys-" arvelimme että se oli varmaan paikan nimi jossa olimme.

Muutaman näkymättömän demonin kohtaamisen jälkeen me löysimme suihkulähteen jossa virtasi oranssia nestettä, se ei ollut myrkyllistä ja maistui hedelmältä. "Inho" katsoi yhden puskan päältä minne menisimme seuraavaksi. Hän näki valon kajastuksen puskien välissä olevan tyhjän tilan kohdalla. "Mennään sinne" sanoi "Viisaus". Matkalla oli noin neljä demonia ja pystyimme välttämään myös punaisen demonin matkalla valonlähteelle mutta juuri kun pääsimme lähelle valoa eteemme ilmestyi näkymätön este joka muuttui punaiseksi;

se hyökkäsi meitä kohti ja anasti meiltä musiikki-rasian sekä pakeni puskien läpi jonnekin syvemmälle pensas kaaosta. "Pelko" ja "Kateus" juoksivat punaisen demonin perään.

Huusin heille:

"Nähdään valonlähteellä!"

Pojat saivat kiinni punaisen, tarttuivat kiinni musiikki-rasiaan, vetivät minkä jaksoivat ja vahingossa laittoivat rasian päälle.

Se soitti todella ilkeän kuuloista musiikkia mikä oli liikaa aika hirviön korville ja se tiputti musiikki-rasian maahan. Kun saavuimme valon kajastuksen luo näimme että valo tulikin avonaisesta portista, tällä kertaa portti makasi maassa. Viisi minuuttia myöhemmin äijät tulivat musiikki-rasian kanssa ja me kaikki hyppäsimme avoimeen porttiin.

Toisella puolen tätä porttia asiat olivat erilailla, näytti siltä että olimme hypänneet avaruus-asemalle. Seinillä on kirjoituksia ja piirroksia. ">>>aseista itsesi ja ole valmis tuhoamaan vastuksesi<<<" vaikuttaa olevan tärkeää. "Huonot" aistivat että tämä on peli areena, harjoitus alue kovan luokan pelaajille. Ampuma rata elävillä maaleilla. Nurkissa on laatikoita, avasimme ne ja löysimme aseita sekä panoksia. "Tämäpä on karua!" sanoi eräs "Huono". Me emme tiedä mikä väijyy aseman syvyyksissä, mutta aavistuksena on että jotain vaarallista. Haaste jonka otamme. Me varustauduimme erilaisilla aseilla liekinheittimistä silppuri-kivääreihin. Ainut ovi ulos portti huoneesta ei ollut lukossa, astuimme ensimmäiset askeleet ulos huoneesta ja saman tien muutamat koneelliset sähkö tykkitornit alkoivat ampua meitä päin, "Rohkeus" ampui ne rikki plasma tykillä ennen kuin ne osuivat kehenkään, "Totuus" sai kuitenkin yhden naarmun aseeseensa. Tässä toisessa huoneessa oli iso rivistö nappeja ja yhden napin luona luki "vapauta opastaja", painoin sitä nappia. Kimeä ääni kuului ja mekaaninen luukku aukesi josta ilmestyi hologrammi. Meidän yllätykseksemme hologrammi oli täsmälleen minun näköiseni...

Kappale 13 Pedon mahassa

Hologrammi sanoi: "Hei, tervetuloa Ikuiseen Hyppykauhuun, aseet voi löytää pitkin matkaa, vihreä valo tarkoittaa että panos laatikko on täynnä ja punainen sitä että laatikko on tyhjä. Muut Jumalan tasoiset ketkä ovat jo täällä voi herättää kääntämällä vipua sarkofagin päältä "On" asentoon".

Me emme tiedä miksi hologrammi oli minun näköinen eikä me välitetty siitä.

Me yritimme kysyä siltä kaikenlaista mutta aina se sanoi "Ei tarpeeksi taito pisteitä, tuhotkaa "Kuolleiden Jumala" ja tulkaa hakemaan tietoa".

Paikka näyttää valtavalta, eikä kukaan meistä halua eksyä ja tarvitsemme lisää tietoa tästä paikasta joka tapauksessa.. "Mennään herättämään "Kuolleiden Jumala" ja ansaitsemaan ne tiedot". sanoi "Pelko" ja lisäsi: "Meidän täytyy löytää se sarkofagi, valmistautua pahimpaan ja olla voitokkaita."

Nuuskimme ympäriinsä nopeasti päästen ymmärrykseen koko paikan toiminnasta. Siellä täällä oli teleportaaleja joiden avulla pääsi nopeasti huoneen puolelta toiselle. Joitain ansojakin löytyi myös. Huomasimme että yhdessä huoneessa lasin takana oli kartta mutta emme päässeet siihen vielä käsiksi. Huone jossa kartta oli; oli syvemmällä tasolla tätä Ikuista Hyppykauhua ja meidän piti taistella tykkitornien täyttämiä ansa-huoneita päästäksemme kartan luokse. Kun sitten pääsimme karttaan käsiksi näimme että suoraan meidän alapuolellamme oli yksi sarkofagi.

Meidän piti ladata aseitamme ja ottaa mukaan panoksia. Olimme onnekkaita koska huoneessa jossa olimme nyt oli riittävästi aseita ja ammuksia.

Me aloimme taittaa matkaa kaksi kerrosta alaspäin kohti sarkofagia emmekä tienneet mitä oli luvassa. "Kuolleiden Jumalalta" joka tapauksessa odotimme että joko se on erittäin hyvä pelaaja tai joku joka voi herättää kuolleita eloon.

Hieman myöhemmin...

Nyt olimme päässeet huoneeseen missä sarkofagi oli lattialla, vipu sen päällä ja teksti kirjoitettuna moneen kohtaan "-Tässä lepää kuoleman mestari-" Me olimme varmoja että tämä on oikea paikka. "Kun käännän vipua olkaa kaikki valmiita > jos se liikkuu; menkää taaksepäin ja ampukaa kohti sitä". sanoi "Inho" jonka jälkeen hän käänsi vivun "On" asentoon sarkofagin päältä.

Sarkofagin kansi aukesi meitä kohti ja ääni kuului kaiuttimista katonrajasta "Taistelu ohjelma aktivoitu, vihollinen avattu, herätetty: Kuolleiden Jumala" Kansi aukesi kokonaan ja joku tummiin pukeutunut hahmo hyppäsi ripeästi sarkofagista, samaan aikaan ampuen meitä kohti mutta ei osunut kehenkään. Hahmo pysähtyi ja hän sanoi "Ette ole täältä, en ole teidän vastuksenne." Hän selitti että tämä on taistelu areena sotureille erääseen korkeamman vaikeustason taistelu kilpailuun joka pidetään tulevaisuudessa, paikassa nimeltä Maa...

Sillä aikaa "Kuolema" ja "Lelujen herra" olivat kävelleet ympäriinsä etsien porttia pois paikastaan. He olivat saaneet säädettyä hakkerin kartan sellaiseksi että siitä näki missä kaverit olivat nyt. Kartassa ystävien sijainti oli "Kuoleman" ja "Lelujen herran" yläpuolella. He katsoivat ylöspäin ja huomasivat massiivisen avaruus aseman joka pilkotti punaisten pilvien takaa noin puolentoista kilometrin korkeudessa. Nyt heidän tarvitsisi enää päästä ylös. Se ei ollut helppo homma. Planeetalla jolla he olivat oli kova painovoima he eivät tienneet mitä tehdä mikä auttaisi tässä tilanteessa. Heillä kuitenkin oli kartta jonka ehkä pystyisi muuntamaan vastaanotin lähettäjäksi; jolla voisi jutella avaruus-asemalle joka on kannattava idea toteuttaa. Vastaanotin/Lähetin oli nyt tekeillä ja jälleen näkeminen kavereiden kesken oli nyt lähempänä kuin hetki sitten.

...Avaruus-asemalla...

Olimme juoneet teetä neljä tuntia "Kuolleiden Jumalan kanssa" keskustelu oli mielenkiintoista ja mieltä avaavaa.

Hän sanoi että tässä avaruus-asemassa on paljon ihmisiä jotka ovat liian pelokkaita menemään portista läpi aitoihin elämiinsä, aitoon todellisuuteen. Me sanoimme että etsimme juuri tuollaisia persoonia mutta emme tiedä ketkä tai kuka on pelottanut heidät. "Kuolleiden Jumala" koodasi oikoreitin hologrammin ohjelmaan jotta se opastaisi meidät pelokkaiden ihmisten luo ja sen jälkeen portin luokse. Olimme menossa puolessa välissä matkalla portille; milloin musiikki-rasian musiikki loppui ja vaihtui radio lähetykseen, tuttu ääni kuului sieltä, se oli "Kuolema" joka sanoi:

"Hei kaikki, "Kuolema" ja "Lelujen herra" täällä, en ole varma meneekö tämä oikealle kanavalle mutta jos menee niin olemme teidän alapuolella planeetalla ja tiedämme kuka on vastuussa katoamisista, hän on "Petos" niminen kauppias joka on valheiden lähde. Pysykää siellä pyrimme saamaan itsemme sinne myös pika puoliin. Nähdään kohta".

Me oltiin iloisia kun kuulimme heistä ja halusimme odottaa heitä ennen kuin menisimme minnekään muualle. Jotkut meistä menivät hakemaan kadonneita ihmisiä ja keräämään heidät yhteen kansamme, kuuntelimme musiikkia, sekä "Totuuden" ja "Rohkeuden" vitsejä odottaessamme. Meillä oli pieni kilpailu tykkitornien ampumisessa kuka ampuu tykkitornin rikki vähimmällä panos määrällä. "Rohkeus" oli hyvä siinä, mutta ei niin hyvä kuin yksi kadonneista jonka "Inho" nimesi häränsilmäksi tarkkuutensa vuoksi.

Kappale 14 Villi arvaus

Kumppanimme maan-tasalla alapuolellamme törmäsivät joukkoon naisia jotka oli häädetty alas tylsälle planeetalle. "Lelujen herra" jutteli heidän kanssaan ja se selvensi ratkaisua päästä avaruus-asemalle. Tytöt oli siirretty hissin tapaisella laitteella ja he osoittivat suunnan missä hissi oli, mutta suunnitelmassa oli solmu; hissi oli vartioitu roboteilla joilla oli sähköiset aseet. Kaverukset ja naiset siirtyivät vartioidulle alueelle "Lelujen herra" toimi harhautuksena kun "Kuolema" survaisi hakkerin kartan jumiin toisen vartijan kaulaan kun toinen vartija oli hämääntynyt katsomaan harhautusta. Kartta pakotti vartijan sähköpiirit sekoamaa muovaten vartijan liikkeitä joka ampui toisen vartijan pään irti kaatuen samalla maahan.

Nyt molemmat vartijat oli hoidettu pois, "Lelujen herra" alkoi koodata hissiä auki ja käyttöömme. Kymmenen minuutin päästä heillä oli kyyti avaruus-asemalle.

Hologrammi ilmoitti että uudet kamppailijat olivat saapuneet asemalle. Me ymmärsimme tuon merkiksi että "Kuolema" ja "Lelujen herra" olivat päässeet ylös.

Hologrammi johdatti meidät neuvoilla saapuneiden kamppailijoiden luokse hangaariin mistä löytäisimme heidät. Olimme vielä varovaisia koska emme olleet sata varmoja siitä ketä oli vastassamme. Käytimme teleportteja niin matkanteko oli verkkaista ja pääsimme lyhyessä ajassa vastaan vieraitamme. Me emme osanneet odottaa naisia jotka olivat kaverusten kanssa meitä vastassa, mutta otimme iloisesti heidät vastaan ja esittelimme itsemme heille.

Meidän kumppani kiltamme oli nyt kaksikymmentä kahdeksan jonka lisäksi kanssamme oli kadotetut ihmiset sekä naiset planeetalta. "Nyt on aika matkustaa ja edetä seuraavaan määränpäähän; nykyaikaan maailmaan aidon todellisuuden": Minä sanoin.

"Viisaus" Oli varmistanut tien ja oli löytänyt portit. Niitä oli kolme. Valittavia oli numero 1, numero 2 ja numero 3.

Joten heitimme noppaa minne noista menisimme. Noppa tippui maahan ja numero kaksi oli päällimmäisenä numerona kun se pysähtyi. Joten menimme keskimmäiseen porttiin. Tätä emme osanneet odottaa, paikka oli tarinoiden todellisuus tai niin luki puisessa kyltissä jonka huomasimme ensiksi kaupungin porteilla nykyisessä maailmassa. Me olimme siirtyneet portin kautta satamaan.

"Tämä on naurettavaa" ajattelin ääneen. "Tämä paikka on kuin taruista joita kerroin teille "Huonot" ennen tätä seikkailua, katsokaa nyt muistatteko sen laivan tarinasta; sen minkä nimi tulisi muuttumaan ARXXXZZ nimeksi? katsokaa tuota laivaa tuossa vieressä, mikä nimi siinä lukee; jonkin päälle maalattu ARXXXZZ nyt". Paikassa oli myös muitakin samankaltaisuuksia kuin taruissani. Sama tori alue, sama satama, sama ilmapiiri. Enää puuttui se että törmäisimme tarujen sankareihin jotta todistuisi että tämä oli se...

...Legendaarinen.

Ihmiset täällä näyttävät kuuluvan tänne niin voimakkaasti että tuntui siltä kuin me oltaisiin vieraita eikä vaan vierailijoita. Kaikkialla oltiin ystävällisiä eikä kukaan halunnut eikä vaatinut edes meiltä mitään. Meillä oli rahaa joka kelpuutettiin vastineeksi ruoka tarpeista, menimme ruoka alueelle torin toiselle puolelle tekemään aterioita kaikille tietysti kysyen ensin saimmeko kokata torilla johon suostuttiin iloisesti. Vietimme hauskoja hetkiä hulluttelevien kaupunkilaisten kanssa, unohdimme menneisyytemme ja että tämä kaikki oli vain tarina kerran.

Totuus" halusi kertoa tarinan:

Ei niin kaukana täältä, vietti aikaa ovela mielinen henki. Hänen nimensä oli "Kauhu", friikki luonnoltaan, käytös kuin herrasmiehellä, erittäin taitava taiteellisella tyylillä. Hän nukkui kadun varrella joka yö. Kunnes tuli päivä jona hänen täytyi näyttää taitonsa hyvyydessä. Joku nainen juoksi kauhuissaan katua pitkin ohi "Kauhun" ja "Kauhu" näki jonkin hirvitys olion juoksevan  tiiliseinän läpi melkein murskaten naisen. Silmän räpäyksessä

"Kauhu" nappasi metalli putken maasta, heitti sen kohti hirviötä ja toisella kädellä hän heitti tyhjän lasipullon joka osui putkeen pistäen putken pyörimään salaman nopeasti ja osui hirviön silmään. Monsteri juoksi karkuun. "Kauhu" sai halauksen ja "Kiitoksen" naiselta. Sankarimme ajatukset olivat täynnä innostusta, hän ei ollut kokenut mitään tuollaista, "mistä tarkkuus ja voima tulivat?" hän ihmetteli.

Nainen kysyi:
"Haluatko tulla sisään talooni limsalle?

"Kauhu" mietti hetken ja hetken päästä sanoi "Voi hitsi, se olisi kivaa, tietenkin voisin, mennään sisään".

Heillä oli kiva keskustelu matkalla jonka jälkeen he saapuivat keltaiselle talolle. Talo oli tehty erilaisista metalli paloista ja paksuista lankuista jotka oli maalattu keltaisiksi. "Mikä tämä talo oli entisessä elämässään." "Kauhu" kysyi johon nainen vastasi: "Laiva".

"Kauhu" jatkoi "Merellä seilaava laiva? Kuinka hienoa, kuka tämän rakensi?" Nainen oli rakentanut sen, talo oli toiminut laivana merirosvolle ennen kuin siitä rakentui talo ja nainen oli se merirosvo, nykyään merirosvous on niin muodissa ettei se ole edes eeppistä enää. Kaikki ryöstely ja ryyppäys on niin suosittua että rannat ovat täynnä baareja, ihmisiä puettuina merirosvoiksi ja kaikenlaisiksi muiksi sen kaltaisiksi. He joivat limsaa ja lähtivät torille jälkeenpäin. He katselivat tavaroita joita myytiin torilla jonkin aikaa, yhden kojun edessä joku persoona seisoi heidän vieressään ja kuiskasi heille "haluatteko kuulla salaisuuden?" "Kauhu" vastasi "Miksipäs ei" outo henkilö vastasi "Pystyt siihen"...

Tarinan jälkeen kun olimme syöneet, jotkut kaupunkilaisista kertoivat että he tietävät sellaisen henkilön josta "Totuus" kertoi. He jopa kertoivat että se henkilö kulkee samalla nimellä kuin tarinassa. Mutta he eivät tienneet mistä löytää tuo tyyppi.

Kappale 15 Juurikin niin

"Totuus" ei ole ikinä käynyt täällä, mutta oli kuullut tarinan joltain eri versiona eikä muistanut keneltä tai milloin. Versio jonka hän oli kuullut ja muisti oli samat asiat sisältävä mutta negatiivisesta näkökulmasta joka yksityiskohdassa. Sama versio kuin "Lelujen herra" olisi kertonut sen, hän ei silti ollut sen tarinan kertoja eikä edes ollut tavannut "Totuutta" aiemmin. Joku on yrittänyt varmaan maalata mustaksi kaikkea positiivista ja aitoa meidän omiin elämiin liittyvää todellisuutta jotta olisimme joidenkin asioiden ohjaamia jotta meistä voisi hyötyä jollain pahalla tavalla, osoitti "Viisaus".

Ainut lause jonka "Totuus" pystyi sanomaan "Olet täsmälleen oikeassa" Sitten oli "Inhon" vuoro sanoa jotain:

"...ja joku on sekoittanut päämme upottamalla mielemme unohdukseen, anteeksi antamattomuuteen ja solminut solmun ymmärrykseemme; sisällyttämällä sen kaiken pahan siihen ettemme heräisi siitä."

Me aloimme kuulla musiikkia...

"digari dageru duudii, digary dagery diiduuu chuuka dagedu deeduu digari digari diiduu"

Musiikki tuli musiikki-rasiasta jonka olimme jättäneet lähistölle ja kaikki me huusimme:

"Me olemme täällä!"

Ääni vastasi, "Kuuluuko, kuuluuko, se on "Fobia" täällä, onko "Pelko" seurassanne? Oletan. Meillä on ongelma. Olen täällä missä kaikki maksaa paljon, joku tyyppi puhuu teistä. Säädin herätyskelloni lähettäväksi radioksi jotta sain teidät kiinni kenestä täällä puhutaan. Puheiden pitäjä juttelee tosi negatiiviseen sävyyn ja minusta kuulostaa vaan valheilta. En tiedä vielä kuinka toimia. Olen saanut selville että voitte keskustella tännepäin jos syötätte laitteeseen sähköä mihin lähetän tätä sanaa ja odottakaa sähkön jälkeen että otan yhteyttä lisä- neuvojen syyksi.

Se viesti oli jotain mitä emme voineet odottaa. Viestin osio siitä että asiat maksavat paljon ja paha suinen sanoja kuulosti samalta jota kertoi "Valta" "Kuolemalle" ja "Lelujen herralle".

Jotkut "Huonot" keräsivät tarpeita jotta sähkövirta saataisiin musiikki-rasiaan. Naiset jotka liittyivät joukkoomme Ikuisessa Hyppykauhussa pitivät pussaus kilpailun kenellä miehistä oli paras suutelu metodi.

Jotkut merirosvot halusivat osallistua ja olivat luvallisia osallistumaan. "Rohkeus" "Kuolema" "Kateus" ja "Viisaus" nauttivat haasteesta jonka naiset ja merirosvot antoivat.

Katsomossa oli Fredrik ja Sandra sekä Jefrey. Kumppaniemme joukko ei ollut tietoinen kuinka aitoja ja tarkkoja noiden katsomossa olevien ulkonäkö oli verrattuna tarinoihin. He näyttivät todellista todellisemmalta. Niin paljon etteivät kumppanit edes tunnistaneet heitä vielä.

"Rohkeus" laittoi huulensa ulos suustaan ja sanoi punaiseen pukeutuneelle naiselle: "Plaita psinun phuulesi phasten phinun" ja nainen pussasi häntä suulle. Naisen kengät tippuivat ja posket punastuivat ruusun punaisiksi. Yksi merirosvo kokeili samaa jälkeenpäin mutta ei saanut samaa tulosta. "Rohkeus" sanoi:

"Se riippuu taidosta pitää kädet selän takana samaan aikaa kun uppoaa ihanuuden kuiluun". "Rohkeus" sai neljä viidestä pisteestä.

"Kateus" suuteli violettiin hameeseen pukeutunutta naista kaulalle, hänen hiuksensa nousivat ylös. Tuomarit antoivat neljä viidestä pisteet.

Oli "Pelon" vuoro osallistua. Hän laittoi pääkallo sormuksen suuhunsa ja kysyi naiselta sinisessä mekossa että suutelee häntä suulle, nainen teki sen. Hänen hiuksensa nousivat ylös ja hänen kaulansa muuttui kirsikan punaiseksi. Tuomarit antoivat taas neljä kautta viisi pistettä, samat kuin "Rohkeudelle" ja "Kateudelle".

Yleisö oli mielissään ja seuraavaksi oli "Kuoleman" vuoro suudella. Hän nappasi naista jolla oli keltainen mekko lantiolta kiinni, suuteli syvästi ja nainen pyörtyi hurmiossa. Tämä oli pistearvolta..

.... Viisi kautta viisi.

Muut kokeilivat onneaan mutta eivät päässeet sinne asti minne "Kuolema" ylti pisteissä. Hän voitti treffit yhden naisen kanssa ja hän valitsi naisen keltaisessa mekossa. Ennen tapaamistaan meidän piti jatkaa matkaa. Kysyin yleisöltä tuntevatko he henkilöitä joiden nimet ovat Mikhael, Fredrik, Sandra ja Jefrey.. Kolme astui esiin katsomosta. He esittelivät itsensä vain Mikhael puuttui,

"Me tarvitsemme teitä voittaaksemme epäreilussa kamppailussa valheet ja pelastamme maailman perikadolta." Lisäsi "Lelujen herra".

Legendaariset hahmot halusivat tietää enemmän ja olimme tervetulleita Fredrikin laivaan lähellä satamaa. Nyt voimme suunnitella juontamme kunnolla.

Kappale 16 Savuavat syvyydet

"Huonot" tekivät valmiiksi musiikki-rasian säätö homman ja odotimme lisää tietoa "Fobialta" lähellä musiikki-rasiaa kuunnellen sieltä kaikuvaa musiikkia. Sandra pelasi logiikka pelejä joidenkin kannella olleiden kanssa. Minä ja "Viisaus" järjestelimme kapteenin huonetta suunnittelua varten. Löysimme vähän paperia ja hiiliä jotta voisimme piirtää ja kirjoittaa. "Pelko" ja "Kateus" kokkasivat ruokaa kaikille, jotain mausteista kalaa satamasta. Kolme naista ja yksi "Huonoista" liittyivät kokkaamaan. "Rohkeus", "Kuolema" ja "Totuus" viihdyttivät loppuja naisista vitseillä ja tarinoilla kokemuksistaan. Meidän määränpäämme päästä oikeaan maailmaan oikeaan aikaan ja kaikki mukaan lukien. Helpoin olisi että ehkä portin kautta mutta en tiedä onko täällä yhtään tai määränpäässämmekään. Musiikki-rasia piti ääntä ja joku tuntematon kappale alkoi soimaan..

Ennen kuin me kerkesimme sanoa mitään ääni kuului musiikki-rasiasta. "Roger, roger! "Fobia" täällä, tiedättekö mitä? Systeemi on selvä, laittakaa magneetti ja kaukoputki siihen minkä kautta puhun; niin että magneetti on tämän laitteen ja kaukoputken välissä. Olkaa varmoja että kaukoputki on vähintään metallilla pinnoitettu. Teimme säädöt ja aloimme lähettää. Hetkeä myöhemmin pääsimme läpi. Kysyimme paikasta missä "Fobia" oli, minkälainen paikka oli ja miltä siellä tuntui. Se oli samankaltainen paikka kuin missä me olimme, Siellä oli niin kova painovoima ettei "Fobia" voinut lentää. Pää painotteisesti valkoisia pilviä , vihreää ja sinistä vettä, tummia öitä, kirkkaita aamuja, yksi aurinko ja kuu mikä seurasi sitä. Hän sanoi että paikka oli Maapallo. Menimme viideksi minuutiksi hiljaisiksi. Taas tuo nimi tuli esiin. "Viisaus" rikkoi hiljaisuuden, "Meidän pitää mennä sinne". "Fobia" tauotti musiikin.

Me mietimme hetken, oli niin selvää mutta niin vaikeaa samaan aikaan ymmärtää tämä kaikki. Kuinka se on mahdollista olla yhteydessä sieltä asti tänne kuin myös toiseen suuntaan. Kysymyksiä alkoi lennellä puolelta toiseen ja mielipiteitä oli monta.

Sitten "Inho" mainitsi mahdollisuuden; "Mitä jos tämä on Maapallo ja me ollaan oltu siellä kokoajan tarkoitan koko matkan ajan mutta meidän pitää vaan vaihtaa näkökulmaa todellisuudesta". Ihmettelimme "Voiko niin tehdä ja jos voi miten?"

Sandra sanoi "Mainitsit portin, on olemassa alue jossa on huhuttu olevan portti toiseen maailmaan. Alue on hämärien tyyppien paikka ja sen nimi on Musta linnake. Portti on jossain sen lähellä".

....Mitä....

Olimme kulkeneet läpi ajan ja tilan mutta aiemmin meillä ei ollut aikaa tajuta että tämä oli totta. Olimme samassa paikassa kuin mistä aloitimme, tarkemmin ottaen samassa maailmassa. Matka Fredrikin laivalta Mustalle linnakkeelle oli melko pitkä, noin puoli päivää tarkalleen ja meillä ei ollut intoa lähteä sinne. Jotkut "Huonoista" halusivat tuhota "Lelut" joita heillä oli mukanaan mutta tekivät niistä leikittäviä versioita sataman lapsille. He tekivät omia versioita jotka muistuttivat eläimiä ja hahmoja suoraan joistain lasten saduista. "Pelko" auttoi "Huonoja" ja teki puisen koiran, hän nimesi sen "Urhoollisuudeksi"; "Rohkeuden" ja hänen tekojensa vuoksi. Annoimme viimeistellyt lelut niiden uusille omistajilleen.

Portti kaukaisuudessa jonka tiesimme pystyi vain siirtämään meidät sinne missä olimme jo olleet eikä se ollut Maapallo tai ei ainakaan näyttänyt siltä. Hyvä että tämä paikka on sama mistä aloitimme seikkailun ja että voimme mennä "Kotiin" sen portin läpi. Yksi asia on vielä kiva; Että täällä on iloisia ihmisiä samassa maailmassa kuin mistä "Huonot" ovat kotoisin.

Jefreyllä oli ajatus mitä oli vaikea pitää vain mielessä: "Tämä on ainoastaan naurettava mieli keitos mutta me voitaisiin mennä tällä aluksella ulottuvuus portaalin läpi, siinä on vaan yksi jippo. Portaali johtaa maailmaan joka on ihmiselle tuntematon. Olen kuullut että se on yön pimeyksissä ja että kukaan ei ole mennyt sinne. Siellä sen todellisuudessa on Helvetti ja Taivas sekä kaikkea niiden väliltä mitä on sanottu taruissa. Se on tarun hohtoinen toinen todellisuus, toisin sanoen toinen puoli. Älkää minusta välittäkö, vain levotonta ajattelua..."

"Ei, ei! Tuo on juuri sitä mitä saatamme tarvita juuri nyt. Meidän kokemuksemme on että ei ole sellaista satua jossa ei olisi ripausta totuutta; viitaten mitä "Pelko" sanoi, tällä kertaa mukana voi olla enemmän kuin kourallinen". Sanoin ja kaikki myöntyivät.

Ulottuvuus portaali henkiseen. Tästä voi tulla mielenkiintoista.

Me soitimme "Fobialle" meidän seuraavasta liikkeestämme hän pystyi vaan sanomaan "Pyhät savut, olen säätynyt kuuntelemaan; Tästä voi tulla minulle kaikkein jännittävin reissu; Lähdetään menemään!!"

Mitä "Yön pimeyksissä" voi tarkoittaa, oli meidän tarkoituksemme selvittää. Ensiksi ajattelimme että se on joku paikka minne "Pelko" ei halua meidän menevän... Hmm... Me käännyimme suuntaan missä "Pelko" oli. "Hei "Pelko" et halua meidän menevän sinne vai mitä?" Hän vastasi "Se on kyllä" edes hän ei tiennyt minne. "Okei mennään sinne suuntaan jonne tuntuu pelottavalta edetä" Ehdotti "Rohkeus" ja osoitti: "Yli merten kohti pelottavaa Kysymysten Myrskyä se on!". Tuo oli pelottavin suunta jossa myrskyisä manner sijaitsi joten päätimme että se on seuraava määränpäämme.

"Pelko" ei muistanut miksi hän ei halua että me menemme sinne suuntaan. "Seuraa aistejasi ja ajattele miksi tunnet niin. Minä aion tehdä saman, yritän saada ajateltua menneisyyttäni ja saada selville miksi vartioin pelottavia juttuja." Hän sanoi ja meni tyhjentämään mieltään kajuuttaan kannen alle.

Kun purjeet oli laskettu, meidän piti saapua perille kun oli pimeää jotta olisi maksimaalisen pelottavaa. Matkassa kestäisi kaksi ja puoli päivää joten pysähtyisimme matkan puolivälissä yhden päivän ajan yhdellä Humalaisten miekkojen saarella jossa Viini pyörteen majatalo sijaitsi. Sandra oli käynyt siellä joskus ja sanoi että se oli kiva paikka meidän kaltaisille ihmisille, siellä voi olla baari tappeluita tai vastaavia mutta ne voisivat piristää "Pelkoa" vähän.

Musiikki-rasia piti meidät viihtyneinä koko matkan ajan Humalaisten miekkojen saarelle asti "Fobian" lähettämän radio ohjelman ja vähän väliä musiikin avulla. "Huonot" jopa pelasivat hänen kanssaan pelejä rasian kautta.

Matkan aikana näimme eri lintu- ja kala lajeja. Mitä lähemmäs pääsimme määränpäätämme sitä oudommiksi ja pahaenteisimmiksi eläimet näyttivät vaihtuvan.

Ennen kuin rantauduimme saarelle jotkin linnut yrittivät ottaa ruokaa käsistämme mutta pelästyivät naista jonka "Inho" nimesi aiemmin Häränsilmäksi. Hän ampui kiven ritsalla millin yhden linnun päästä, se ja muut linnut karkasivat taivaalle. Rantauduimme saaren satamaan. "Viisaus" tiputti ankkurin:

">>>Klunck<<<"

 Hyppäsimme laiturille

">>>Thomp<<<"

Nyt olimme päässeet Viini pyörteen majatalolle, kaikki menivät sänkyihin ja vaipuivat uneen.

"Pelko" heräsi muutaman tunnin päästä ja meni majatalon baariin. Hän tilasi Borssikeittoa ja kaksi kupillista sitruunaruoho teetä. Tuntematon henkilö koputti "Pelkoa" olkapäälle ja sanoi: "Oletko täällä halukas tappelemaa?" Tuntematon oli valmis maksamaan hyvän summan jos "Pelko" tappelisi. Lähellä baarin oviaukkoa istui varjoissa hahmo, "Pelon" piti haastaa tuo hahmo. Kun hahmo astui ulos varjoista "Pelko" tunnisti hänet tutuksi "Hei kuka sinä olet?" Henkilö sattui olemaan se josta "Pelko" oli kuullut tarinoita, hän oli "Vihamielisyys".

He eivät tapelleet ja halusivat tietää että miksi heidän olisi pitänyt sen henkilön mielestä joka esittäytyi nyt "Ihmeeksi".

Hän halusi vain jotain jännitystä.

"Pelko" ja "Vihamielisyys" kutsuivat "Ihmeen" mukaan porukkaan. "Pelko" kertoi mistä matkassamme oli kyse, mitä oli käynyt ja minne olimme menossa. Hän sanoi että on muitakin mutta muut ovat nukkumassa. "ihme" halusi liittyä joukkoomme ja piti toivoa yllä että jännitystä oli luvassa myöhemmin.

"Pelko" ja "Vihamielisyys" joivat sekä juttelivat "Ihmeen" kanssa auringon nousuun. Muut jäsenet liittyivät baariin aamupalalle. Kyllä, "Rohkeus" söi puuroa.

Me kävimme "Ihmeen" kanssa läpi perus asiat, mistä hän oli tullut tänne ja halusiko hän lähteä tehtäväämme mukaan. Keskustelun jälkeen meidän piti lähteä eteenpäin, jotta olisimme ajoissa perillä Kysymysten myrskyssä pimeän aikaan. "Ihme" lähti mukaan ja halusi olla joukon jäsen seikkailussamme. Hänkään ei pitänyt valheista.

Me olimme liikkuneet noin neljäsosan matkasta saarelta ja oli noin päivä matkaa jäljellä.

Vitsejä ja tarinoita riitti matkan ajan, soitimme myös musiikkia pelatessa ja keksiessä erilaisia pelejä sekä aktiviteettejä.

Osa 3 ympyrä

Kappale 17 Vihertävät lehdet

Lopulta tiputimme ankkurin mereen rannassa lähellä Kysymysten myrskyä, hyppäsimme soutuveneisiin, soudimme hietikolle ja astuimme maahan veneistä. Ranta oli jäinen mutta näytti hiekkaiselta ja tuntui kiviseltä.

"...Muistan Sypressikuja 347...

"Rohkeus" kuiskasi.

"...Muistan talon, puun, lelut pihalla, tuulen, jotkut jahtaavat meitä, he ovat lähellä..."

Yhtäkkiä laiva takanamme katoaa ja lumisade loppuu. Maa jossa seisoimme muuttui kuivaksi heinikoksi ja puut alkoivat ilmestyä nopeasti; olimme vertaansa vailla olevassa todellisuudessa, oli syksy, punaisia, keltaisia ja oransseja lehtiä tippui puista. Tuuli tuntui uskomattomalta, pitkään aikaan en ollut tuntenut sellaista. Lähellämme oli talo jonka pihassa vihreitä pensaita. Siellä oli myös jotain muuta ja menimme lähemmäs huomaten että siellä oli jonkun leluja. Etenimme pihalle. Ovessa oli teksti. "Tervetuloa.

Tämä on Nallen talo". Ovi ei ollut lukossa. Menimme sisään, ja heti joku koputti raivoisasti ikkunaa samalla joku aikuisen näköinen ilmestyi ovelle, huutaen "Nyt ette pääse karkuun!!! Tämä on ainoa tie ulos ettekä saa mennä sinne enää!!!"

Nyt muistan, ikkunan koputtelija oli herra Vihreä ja ovella oleva herra Keltainen. "Mitä te haluatte?" huusimme takaisin.

Hän sanoi että tarvitsee apua saadakseen herra Vihreälle ja hänelle; varaston takaisin herra Harmaalta sekä he haluavat että opetamme jotain asioita.

Ensiksi he halusivat että opetamme miten olla luovia ja kuinka ansaita rahaa olemalla luova. Herra Keltainen näytti kuin joku mies olisi luonut koiralta nahat ja laittanut koiran ihon omaksi naamarikseen, herra Vihreä näyttää vanhalta homeiselta noidalta tai että hänellä on kuminaamari joka on nähnyt parempia päiviä mikä on myös sulanut hiukan tarkalleen nenän kohdalta tai niin ainakin heidän itsensä mukaan, mutta me emme välittäneet siitä ja halusimme auttaa heitä.

Homma ei ollut helpoimmasta päästä, yritimme näyttää kuinka ohjata itsensä luovuuteen, mutta se oli vaikeaa monella tasolla, silti emme turhautuneet tyystin.

Kaikilla oli omat tapansa neuvoa ja opettaa kuinka he voisivat olla luovat omat itsensä. Piirtäen, kirjoittaen, osoittaen, seisoen, tehden ei mitään, syöden, kuunnellen, hiljaa olemalla ja jopa huutaen yksilöllisellä tavalla olivat osa niitä keinoja joita kävimme läpi kertoessamme ainoasta asiasta mikä avaisi luovuuden ->

Kuinka tehdä asioita? ilman kopioimista.

Yritimme ja yritimme. He kaksi käänsivät aina sen nurin perin. He käsittivät että tarkoitimme sanoman olevan käsky että kopioiminen johtaa luovuuteen vaikka asia oli päin vastoin juuri kopioiminen lukitsee luovuuden.

Sanoimme että: laita kädet ylös ja laske ne alas ja tunne minne suuntaan niiden pitää antaa liikkua. Vielä parempi: tunne minne ne liikkuvat itsekseen seuraavaksi, yli oman ajatusten voimasi, yritä arvata mitä haluat tehdä seuraavaksi oikeasti; tunteidesi, ajatustesi ja alitajuntasi mukaan.

Nyt he hitaasti tajusivat mistä oli kyse. Seuraavaksi korostimme heidän omaa tyyliään; heidän uniikkia persoonaansa ja heidän tapaansa tehdä asioita olemaan näkyvissä.

Meillä oli jopa piirustus kilpailu minkä herra Vihreä voitti vaikka hänen omasta mielestään piirros oli maailman typerin. Se oli olio syvästä unien talosta ja oli mestariteos. Monien värien vaihtelu syveni keskelle kuvaa muuttuen lopussa mustan ja punaisen spiraaliksi ja taustalla oli veren punaisia pilviä ja sinistä sadetta satoi olion päälle.

Herra Keltainen piirsi kuvan varastosta missä oli herra Harmaa sen vieressä hauskan naaman kanssa. Emme voineet uskoa että sellaista naamaa on aidosti olemassa. Mutta herra Keltainen näytti kalastus kuvaa hänestä ja herra Harmaasta ja "Ha, ha, ha! tuo ei voi olla totta, uskomatonta". Naama oli täysin saman näköinen. Herra Vihreä nauroi emmekä voineet pitää pokerinaamojamme; hänen naurunsa oli liikaa. Kaikki nauroivat tauotta noin kymmenen minuuttia putkeen.

Herra Harmaa ja varasto oli alempana kaupunkia lähellä jokea. Minulla oli pari pyörää varastossa joilla osa meistä kulki ja loput kävelivät varastolle. Meillä ei ollut suunnitelmaa. Meinasimme vain kysyä voisiko herra Harmaa antaa varaston Keltaiselle ja Vihreälle. Jos se kävisi mitä hän haluaisi vaihtokaupaksi jos mitään. Meillä oli kykyjä myytävänä jos hän olisi kiinnostunut sellaisesta.

Pääsimme varastolle ennen Vihreää ja Keltaista pyörillä, minä "Viisaus" ja "Pelko". Herra Harmaata ei näkynyt missään, katsoimme varaston sisälle. Me ajattelimme jo että olemme aidossa maailmassa mutta varastossa oli portti. Menimme odottamaan muita varaston taakse.

Kun muut saapuivat Vihreä ja Keltainen sanoivat: "Tarvitaan suunnitelma" johon yksi "Huonoista" heitti vedenpitävän juonen. Me kerroimme kaikille mitä näimme varaston sisällä. Herra Vihreä ja Keltainen hyväksyivät juonen ja se jaettiin hiljaisuudessa kaikkien kesken ettei nyt lähellä kävelevä herra Harmaa kuulisi meitä.

"-Ensiksi kysymme kivasti jos ei onnistu me tyrkkäämme hänet portaaliin "Rohkeus" avaa portin kun kysymme varastoa Harmaalta-"

Kuulosti sopivalta suunnitelmaksi. Vihreä ja Keltainen halusivat varaston eivätkä olleet kiinnostuneita portista. He lupasivat pitää portin säilössä ja yhtenä kappaleena. He kiittivät meitä, kysyivät meiltä tarvitsimmeko mitään johon vastasimme "Pitäkää rahat, te tarvitsette niitä meitä enemmän." ja vinkkasimme silmiämme. Herra Vihreä ajatteli ääneen: ""Vihertävät lehdet" voisi olla elokuvan nimi!".

"Rohkeus" käytti hiippailu kykyjään ja sai hiivittyä sisään varastoon ennen kuin herra Harmaa kääntyi katsomaan. Sitten me juoksimme varaston pihalle kysymään varastoa. "Rohkeus" käänsi vipuja ja painoi nappia. Portti alkoi pyörimään ja "avautui". Me sanoimme "Nyt tai ei milloinkaan anna varasto herra Keltaiselle ja Vihreälle tai muuten!" Hän vastasi "En ikinä!"

...Tiedät mitä sitten kävi...

"Blob""Blob""Blib""Blob"

Yksi kerrallaan menimme toiselle puolelle paitsi herra Harmaa, häntä raahasi "Kuolema" ja "Kateus". Tehtävämme ei ollut ohi, nyt laskeuduimme mysteeriseen paikkaan. Näyttää siltä että tämä paikka on elävä painajainen tai jotain päinvastaista mutta jossa on erittäin paljon yksityiskohtia, eikä tätä pitäisi kenenkään nähdä. Se oli kaiken sekoitus. On uskottavaa että täällä asuu Jumalia ja Demoneita, että unelmien unet tulevat tästä maailmasta. Paikka valmistaa tarujen sankareita ja heidän legendojaan.

...Tämä on...

"Mielikuvitus"

Okei. Nyt me olemme hämmästyneitä.

"Hyvät maisemat mutta... Mitäs teet?" kysyi "Kuolema" herra Harmaalta. "Mene takaisin sinne mistä tulit jos et halua meidän käsittelevän sinua kuin pyykkiä." Huusi "Inho" ja tönäisimme Harmaan takaisin portista. Keltainen ja Vihreä olivat toisella puolella porttia ja karkottivat Harmaan takaisin hänen omalle elokuva-studiolleen.

Kappale 18 "Ollaanko me siellä jo?"

"Viisaus" otti paperi rullan taskustaan ja kirjoitti siihen hiilellä viestin "-Sulkekaa portti ja onnea Vihertäviin lehtiin-" sitoi viestin kiveen ja heitti sen portista. Herra Keltainen otti lentäneen kiven seinään tulleesta kolosta ja he sulkivat portin vääntäen vivuista kunnes se oli kiinni.

"Tämä ei ole meidän todellisuutemme eikä edes lähellä sitä. Kuinka vaihdamme paikkaa taas? Arvelen että meidän täytyy tehdä asioita joita todellisuus ei kestä" selvittivät "Huonot".

He olivat oikeassa, meidän piti aiemmin joka kerta tehdä jotakin tai joitakin asioita ennen kuin pääsimme portista seuraavaan paikkaan; tai seikkailla ympäriinsä kunnes tehtävää ilmestyi eteemme. "Toivon että meillä olisi jokin kulkuneuvo jolla liikkua täällä." Sanoi "Ihme" ja yhtäkkiä yläpuolellamme olevasta purppurasta pilvestä tippui ruosteinen pyörä. Se melkein osui "Pelkoa" päähän, pomppasi maasta ja upposi "Pelon" lähellä olevaan sinimustaan suohon. "Kiitos tuosta mutta emme voi käyttää sitä liikkumiseen, hei "Ihme" toivo uudestaan" sanoi "Viisaus". Nyt tällä kertaa hän toivoi ratkaisua ongelmaamme. "Toivon että saisimme apua". Emme tienneet että joku oli tarkkaillut meitä koko tämän ajan. Ääni kuului yläpuoleltamme, hän oli kuullut toiveemme, se oli aarteen metsästäjä tästä maailmasta ja tiputti sen ruosteisen pyörän.

Äänen lähde sanoi että voi auttaa meitä. Hänellä oli lentävä alus joka oli pyramidin muotoinen. Aluksessa oli suihkumoottorit alapuolella ja erilaisia muotoja oli kaiverrettuna sen ulko-seiniin. Se oli keltaisen ja kullan värinen mutta kun valo osui siihen; se muuttui siniseksi ja mustaksi. Alus laskeutui alas vaalean sinisen pilven sisältä ja pilvi suli kun alus koski siihen. Pilvestä tippui mustaa nestettä mikä suli maan läpi mutta ei satuttanut ketään keneen neste osui.

Astuimme sisään metalliseen lento rakennelmaan. Alus oli tarpeeksi suuri porukallemme. Kaikki mahtuivat kyytiin helposti. Aarteen metsästäjä sanoi ettei ollut nähnyt meidän kaltaisia täällä ikinä. "Kuolema" sanoi "Voitko auttaa meitä? Yritämme päästä todellisuuteen ja koti maailmaamme ystäviemme kanssa jotka "Petos" niminen henkilö on vanginnut". Aluksen aarteen metsästäjä halusi auttaa meitä parhaansa mukaan: "Se ei olekaan kovin helppoa, oletteko valmiita menemään Helvetin läpi? Tämänlaisen esteen takia teidän pitää jutella jollekin joka yltää toisiin maailmoihin ja vaihtoehtoisiin todellisuuksiin."

Mistä löytäisimme yhden sellaisen henkilön, meillä ei ollut hajuakaan.

Me matkasimme sateenkaaren toiselle puolelle, menimme maailman ääriin sekä sen loppuun, usvaisille vuorille, merten syvyyksiin ja toisille planeetoille. Portaali, portti tai tie toisiin maailmoihin ei ollut nähtävästi missään. Me menimme myös ajassa taaksepäin muistojemme kautta mutta mitään ei selvinnyt. Menimme taivaaseen jutellaksemme korkeampien olentojen kanssa mutta löysimme vain patsaita ja pilviä. Kävimme Helvetissä nähdäksemme vain tyhjiä valtaistuimia ja todella kuumaa laavaa ja tulta. Myös manalassakaan ei näkynyt ketään, siellä oli vain tyhjiä kahleita sekä unohdettuja unelmia. Kun menimme satumaisen tapaiseen peili maailmaan. "Rohkeus" muisti taas asioita mitä ei ollut tapahtunut tai niin ajattelimme.

"...Ruoho... vesi-pistoolit... lapset... naamiot... asusteet... kolmepäinen susi..."

Paikka muuttui. Yhtäkkiä me avasimme silmämme nähdäksemme ympärillämme seiniä ja makasimme lattioilla, sohvalla, tuoleilla ja sängyillä. Päällämme oli erilaisia asusteita ja pukuja jotka näyttivät erilaisilta eläimiltä ja satu-hahmoilta. Minulla oli päälläni susi puku jolla oli kolme päätä. Muutama minuutti myöhemmin pihalta kuului moottori pyörän käynnistys ääniä. "Rontotototo, rontotototo!" Juoksin ikkunalle ja näin jonkun jäniksen näköisessä puvussa. Henkilö kääntyi ja se oli "Rohkeus" joka oli niin aito että oli muuttunut ulkonäöltään henkiseksi olennoksi kuin eri henkilöksi, aidoksi "Rohkeudeksi". Hän oli käynnistelemässä moottoripyörää keskellä pihaa. Jotkut menivät pihalle mutta minä kävin peilin edessä katsomassa minkälaisia muutoksia minulle oli tullut nähdäkseni että olin muuttunut enemmän muistuttamaan nalle karhua. Tunsin että sisäinen "kauneuteni" oli tullut ulkoiseksi. Niin oli käynyt meille kaikille, nyt huomasimme että lempinimemme jotka "Huonot" olivat antaneet meille osuivat enemmän kuvaamaan ulkonäköjämme ja käytöksiämme. Lempinimemme olivat nyt enemmän todellisia kuin aiemmin, nyt ne kävivät todellakin järkeen.

"Rohkeus" osoitti kylttiä etupihalla talon seinässä jossa luki "-Sypressi kuja 347-" Olimme kotona mutta seikkailumme ei ollut ohi vielä. Emme olleet vielä tavanneet "Petosta" emmekä vapauttaneet vangittuja henkiä riippuvuuksista.

Joukkiomme terävimmän "Viisauden" mukaan; tämä paikka on samassa maailmassa kun se labyrintti jossa tapasimme hänet ja "Kateuden". Kun olimme siellä aika ei ollut oikea mutta nyt paikka ei ole oikea.

Kappale 19 Lukittu takaisin

Meillä oli erilaisia vesi pommeja vesi ilmapallojen muodossa, vesipistooleita, vesikiväärejä ja muita vesi aseita. Me tajusimme että kaikki me, erilaiset ihmiset olemme kaikki pentuja jotka eivät ole ikääntyneet normaaleilla tiedetyillä tavoilla tullaksemme aikuisiksi. Ennen kuin jatkoimme matkaa pidimme kahden tunnin vesi sodan.

Olimme oikeassa ajassa mutta meidän piti löytää Näkymättömyyden pyhättö jotta pääsisimme paremmin jäljille

"Petoksen" puuhista ja tietää missä hän saattoi olla. Meidän piti mennä oikeaan paikkaan tässä maailmassa. Missä me olemme todella. Todellisuus on sekoitettu ihmisten poissa oloilla. On oltava väline jolla "Petos" on saanut ihmiset katoamaan heidän aidoista paikoista ja elämistään. Myös me olemme siirtyneet pois aidoista paikoistamme. Elämämme ovat varastettu meiltä ja haluamme ne takaisin. Musiikki-rasia alkoi soittaa musiikkia taas pitkään aikaan.

Se oli "Fobia": "Heipä hei. Teittekö jotain? minä olen muuttunut joksikin Uber ihmiseksi ja on syyskuu vuonna 1995." Hän oli naapuri kylässä joka oli melko lähellä meitä ja olimme maapallolla mutta eri ulottuvuudessa missä me emme ole olemassa. Sillä eroavaisuudella että "Fobia" ei ollut "Petoksen" lähellä. "Joku oli poistanut meidät menneisyydestä, meidän ajastamme. Keksitty kohta todellisuutta jossa me olimme nyt oli jonkun muun elämä. Minusta tuntuu että "Petos" on varastanut monta elämää jotta saisi tehtyä tämänlaisen todellisuuden." "Kuolema" sanoi. Siltä näytti tosiaan.

Ainoa paikka mikä tuli mieleen mistä löytää vihjeitä "Petoksesta" oli antiikin Kreikan mytologiassa oleva Minotaurin labyrintti. Joten olimme jumissa 90- luvulla ja tarvitsimme aikakonetta, meidän tietämyksen mukaan sellaista ei ole keksitty ainakaan vielä tässä ajassa. "Fobia" halusi tavata livenä. Me pakkasimme kamat kasaan ja lähdimme kahden kylän väliin tapaamaan "Fobiaa". Kävellen olimme siellä ajoissa, emme osanneet odottaa enempää kuin sellaista henkilöä joka harrastaa radio ohjelmia, tykkää musiikista ja kenellä on tyyliä. Hahmo joka on aikaansa edellä muodissa, perille päästyämme huomasimme kohta että sellainen pilkahti esiin puun takaa joka eroaa helposti joukosta. "Hei olen "Fobia"

Ääni väristi selkärankojamme. Hän tosiaan oli "Fobia" ja näytti vähän "Pelolta".

"Pelko" sanoi: "Tunnen tämän tyypin, hän ON "Fobia" katsokaa häntä niin tiedätte sen olevan totta, kukaan ei yrittäisi näyttää itseltään noin paljon kuin "Fobia"".

Olimme varmoja siitä ja toivotimme tervetulleiksi hänet joukkoomme. "Rohkeus" nimesi meidät "Juhlat Viidestä Yhdeksään". Sattui olemaan että hän oli Dj tässä todellisuudessa. Hän halusi että kuulemme asian olevan niin. "Tässä fani tai näyte siitä mitä musiikkia haluan soittaa." hän soitti jotain musiikkia kasetti soittimestaan.

Se tuli hetkessä mieleemme. Tämä oli "Rohkeuden" maailma. Hänen faninsa elävät täällä. Siksi me emme kuulu tänne. Tämä todellisuus on vain faneja varten eikä "Rohkeuskaan" elä täällä; ainoastaan hänen musiikkinsa on olemassa. Nyt me olimme kaikki kerääntyneet samalle alueelle. Meidän piti päästä myyttiseen Kreikkaan ja noin kolme tuhatta vuotta taaksepäin. "Rohkeuden" musiikin täytyy tulla tänne maailmaan jostain, tänne ulottuvuuteen vuoteen 1995.

Jos voimme jäljittää sen toiseen ulottuvuuteen pääsemme sinne myös itse; paikkaan nimeltä "Inspiraatio".

Olemme olleet jo "Mielikuvituksessa", eikä tämän pitäisi olla kovin vaikea tehtävä. Tehtävä - alus - portti. Toisin sanoen meidän täytyy tehdä mitä voimme ja sitten saada pääsy "Inspiraatioon". Ajatus heräsi. "Jos olemme niin hyviä olemaan itsemme että ihmiset pitävät meitä jumalaisina miksi poistuisimme täältä? Miksi emme vain keräisi kaikkia hyviä ihmisiä yhteen ja tee jotain hyvää yhdessä? Niin kuin pelasta maailmaa tulevaisuuden perikadoilta ja opeta ihmisiä samaan tietoisuuteen mitä meillä on."

Johon "Totuus" sanoi:

"Olet täsmälleen oikeassa, mutta meidän ei pidä unohtaa vangittuja ihmisiä siellä toisessa ulottuvuudessa." "Totuus" Oli oikeassa. Meidän tehtävänä oli pelastaa ihmiset ja korjata riippuvuudet pois sieltä.

Niinpä aloimme etsiä tilaisuuksia jotka sopisivat taidoillemme, lahjoillemme ja kyvyillemme, tie tulla meiksi meistä. Mutta ensin piti selventää kaava ja lähtökohtamme vielä läpikotaisin jotta voisimme onnistua tulevissa haasteissa.

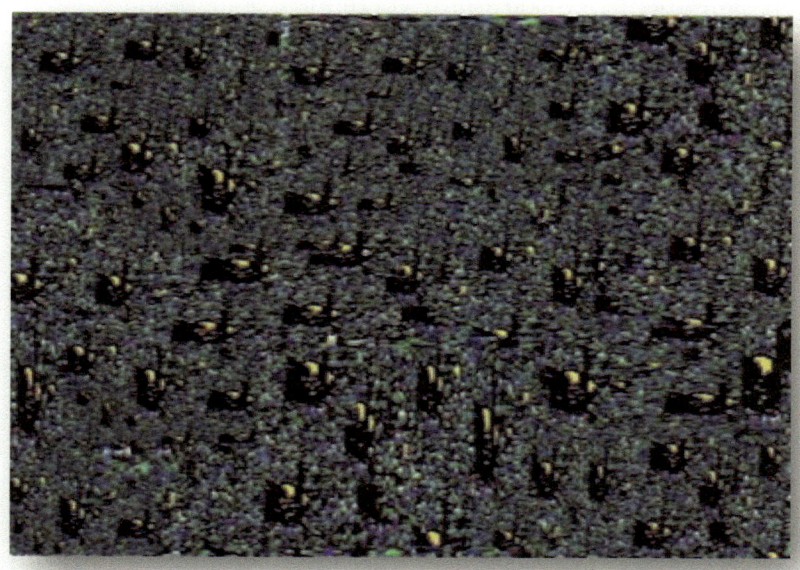

Kappale 20 Ennen aikaa

Meidän täytyy mennä takaisin tilanteeseen ennen kuin
huomasimme kuinka olla uniikit todelliset omat itsemme. Meidän
piti päästä takaisin tilanteeseen; ennen kuin me huomasimme
kuinka tehdä asiat omalla tavallamme, ainutlaatuisella tyylillä jotta
voimme opastaa ketä tahansa matkan varrella joka tarvitsee
tietoutta mitä meillä on.

Meillä on yhdeksän perus oppia ja viisi kehittynyttä oppia jotka
käymme nyt läpi.

Ensin käymme läpi YHDEKSÄN PERUS OPPIA:

1 - ENSIMMÄINEN:- Miksi emme voi tehdä asioita omalla tyylillämme

2 - TOINEN:- Miksi on vaikeaa huomata nämä omat tavat tehdä asioita

3 - KOLMAS:- Kuinka herättää henkemme tajuamaan

4 - NELJÄS:- Kuinka edetä tajuamisesta

5 - VIIDES:- Kuinka valita oikea erikoistuminen tajunnan haluista ja himoista

6 - KUUDES:- Kuinka hyötyä alitajuisesta tietoisuudesta

7 - SEITSEMÄS:- Kuinka käyttää luovuutta jokaisessa erikoistumisessa

8 - KAHDEKSAS:- Kuinka motivoitua joka tilanteessa mitä voi tulla eteen

9 - YHDEKSÄS:- Kuinka valmistautua nousuihin ja laskuihin

Näiden kanssa olemme valmiita aloittamaan etenemisen

Perus oppi numero YKSI: Miksi emme voi tehdä asioita omalla tyylillämme:

Ihmiset taipuvat ajattelemaan ja puhumaan siihen suuntaan että on mitta mikä on hyvää - erinomaista - siistiä sekä kaunista ja niin edelleen. Vaikka niin ei ole. Asia on päinvastoin; esimerkiksi joku yrittää olla kaunis kopioimalla sellaisia ihmisiä joita pidetään kauniina sosiaalisessa muodossa, se joka kopio muuntautuu versioksi kopio kohteesta ja näyttää halvalta versiolta alkuperäiseen verrattuna. Jos haluaa olla aidosti kaunis pitäisi käyttää meikkiä kaikkein houkuttelevimmalla tavalla eikä verrata itseään kehenkään mutta ei myöskään menneisyyden itseensäkään. Sama asia pätee kaikkeen muuhunkin. Sinä omalla tyylilläsi ja tavallasi elää on kaikkein paras, "kaunein" ja tavoitelluin sinä.

Olemme epävarmoja siitä; kannattaako omalla tyylillä elämistä käyttää. Todellinen ja aito tapa elää on kunkin itselleen omilla arvoilla ja juhlien omaa uniikkiuttaan, ei itsekeskeisellä tavalla mutta olla kiltti ja positiivinen itseään kohtaan sekä omaa tapaa tehdä asioita.

Perus oppi numero KAKSI: Miksi on vaikeaa huomata nämä omat tavat tehdä asioita:

Koska joku sanoi että on helpompi keino tehdä asioita tai siltä näyttää. On helppo sanoa että "tuo näyttää helpolle" jotta tekemällä sen saman minkä on nähnyt saa saman palkinnon minkä alkuperäinen tuon tavan käyttäjä sai tekemällä asian "helposti". Pakkomielle sanaan "helppo" ja sanaan "parempi", ei ole parempaa eikä helpompaa olemassa.

Esimerkki: Mozart ja sinä, ainut ero on että sinä kopioit häntä ja hän vain loi asioita. Yrität olla hyvä Mozartina olemisessa. En tiedä mitä yrität todistaa mutta kopiointi ei ole taide muoto. Mitä jos olisit paras olemaan sinä. Voit tehdä mitä vain mutta älä rajoita itseäsi ajatellen että asiat pitää tehdä kuin sinua ennen on tehty mikä tahansa asia tai jollain tavalla millä joku muu tekee; jos on sääntö että asiat pitää tehdä jollain tietyllä tavalla voit kysyä saisiko asian tehdä kuten itse tekisit: omalla tavallasi.

Perus oppi numero KOLME: Kuinka herättää henkemme tajuamaan:

Sinulla on vaihtoehto pukeutua vaatteisiin jotka sopivat sinulle mutta voit myös pukeutua vaatteisiin jotka eivät sinulle sovi. Vain sinä päätät mikä sopii sinulle. Tämä oppi numero kolme koskee valintaa ja tässä vielä muistutus: anna kätesi näyttää vinkki matkalla valintaa kohti. Salli itsesi liikkua ja anna kehosi liike osoittaa toimintatapa tässä erityisessä tehtävässäsi joka sinulla on käsillä tällä hetkellä. Kuvitellaan että seuraavaksi olet menossa koe esiintymiseen elokuvan näytelmä roolia varten, sinulla on käsikirjoituksessa näyteltävänä osa sekä lause joka sinun pitää sanoa. Voit yrittää sanoa lauseen ja näytellä osasi TAI voit elää oman osasi. Jos olisin sinä valitsisin "ELÄÄ OSANI" vaihtoehdon.

Ensiksi: ajattele mitä pitää tehdä "sanoa lause ja toimia" jonka jälkeen anna lupa itsellesi tehdä tuo asia ja sanoa se lause OMALLA TAVALLASI. Tyylisi tehdä asiat on tärkeää ja tämän perusopin pohja. Voit kokeilla eri asioita; kuten voit tehdä näytelmän koe esiintymisen-harjoituksen.

Kirjoita paperille tai vaikka puhelimeesi;

Lause sekä asia joka sinun pitää tehdä.

Esimerkiksi;

Lause= Hei, mukava päivä kalastella tänään, eikö?

Näyteltävä teko= Juo lasillinen vettä lauseen jälkeen.

Tee se tavalla jolla sinä haluat. Sen ei pidä olla ylinäytelty, tärkeää on että SINÄ TEET SEN. Lausu lause ja juo lasi vettä. Siinä se. Sinä olet MESTARI. Salli huulesi liikkua tavalla joka ei ole mielesi ulottuvilla, tee se hitaasti ja anna äänesi elää. Voi olla vaikeaa aluksi luottaa itseesi -aitoon sinuun. Voit toistaa tämän oppi numero KOLMEN niin monta kertaa kuin haluat. Jos olet valmis etenemään voit mennä seuraavaan oppiin.

Perus oppi numero NELJÄ: Kuinka edetä tajuamisesta:

Kokeilemalla eri asioita tämän "anna kätesi näyttää keino" asian avulla ja "sallimalla itsesi tehdä asia omalla tavallasi" voit löytää erikoisuutesi asioista joita haluat ja voit tehdä elämässäsi mutta on ERÄS TOINENKIN KEINO minkä avulla ei tarvitse kokeilla eri asioita tai käydä läpi tajutakseen enemmän elämästä, menneisyydestä tai omista kyvyistään. Se TOINEN KEINO on pää avain kaikissa näissä opeissa:

>>>KAIKEN TAJUAMISEN VOIMATTOMUUS AVAIN<<<

Tarvitaan vain avoin mieli, kätesi tai joku millä voi osoittaa, ajatus mistä aloittaa. Ajattele että haluat tietää mihin pystyt ja anna kätesi ohjata tämän harjoituksen läpi. Salli koko muu kehosi seurata kättäsi sekä jos tuntuu siltä anna suusikin liikkua vapaasti (esim. avautua ehkä) ANNA SEN KAIKEN TAPAHTUA.

Voit avata esimerkiksi kirjan ja osoittaa asioita sieltä ja sallia mielikuvituksesi vapaasti kuvitella mitä vain mahdollista. Viidennen opin aika.

Perus oppi numero VIISI: Kuinka valita oikea erikoistuminen tajunnan haluista ja himoista:

Ajattele mitä haluat tietää ja salli mielikuvituksesi sekä kätesi vapaalla liikehdinnällä osoittaa vastaukset sinulle. Jos vastaus ei ole selvä tai sopivin, sinun pitää poistaa rojut mielestäsi edellisillä opeilla.

(katso kehittyneet VIISI oppia myös jotka mainitaan myöhemmin.)

Kaikkein selkein oikea vastaus voi olla suorin ja voit jo tietää vastauksen mutta sinulla ei ole ollut taitoja tai luovuutta ja inspiraatiota käsilläsi aiemmin mutta nyt se on mahdollista. Luota sinuun ja tulet hämmästymään mitä henki voi saavuttaa.

(Taito = luovuus + inspiraatio)

Perus oppi numero KUUSI: Kuinka hyötyä alitajuisesta tietoisuudesta:

Reaktiot, lahjakkuudet ja taidokkuus on vahvistettu tällä; nimitetään sitä SALLITUKSI LIIKE VIRRAKSI = SLV

SLV:n avulla vaistosi on vahvistettu, kehosi on terveempi, voit saavuttaa enemmän ja voit jopa tienata rahaa kyvyilläsi ja käyttämällä taitojasi tuodessasi asioita ajatuksistasi todellisuuteen. Sinulla on lisää luovuutta ja olet motivoituneempi. Olet inspiroitunut syvemmin. Sinulla on vapaampi mielikuvitus.

Perus oppi numero SEITSEMÄN: Kuinka käyttää luovuutta jokaisessa erikoistumisessa:

Käy läpi aiemmat opit kahdesti. Anna SLV:n viedä sinut sinne. Anna sen liikuttaa sinua. Salli kätesi tai sormesi osoittaa mitä tahansa se voi olla mikä saa sinut "huvittumaan". Mikä tahansa käy ja tee mitä tahansa haluat tehdä mutta tee se SINUN TYYLILLÄSI. Olet täällä juhliaksesi sinuna olemista. Nauti siitä.

Perus oppi numero KAHDEKSAN: Kuinka motivoitua joka tilanteessa mitä voi tulla eteen:

SLV ja avoin mieli mahdollisuuksien varalta sekä valinta on aina lähellä. Voit löytää vihjeitä valinnan löytämiseen SLV:n avulla. Katso aiemmat opit jopa seitsemäs vielä kahdesti.

Perus oppi numero YHDEKSÄN: Kuinka valmistautua nousuihin ja laskuihin

SLV tilanteessa. Ei ainoastaan riippuen jostain vaan niin paljon kuin mahdollista ja rajoittaen vain jos liikkeen mukana meno voidaan ennustaa huonoksi ideaksi. Käytä tyyliäsi kaikkeen.

Nämä opit toimivat avoimella mielellä, mutta suljettukin mieli voidaan avata kyllä ja nämä toimivat vain jos tähtää olemaan hyvä.

Jos joku aikoo hyötyä jollain muulla tavalla tämänlaista taikuutta ei voi käyttää.

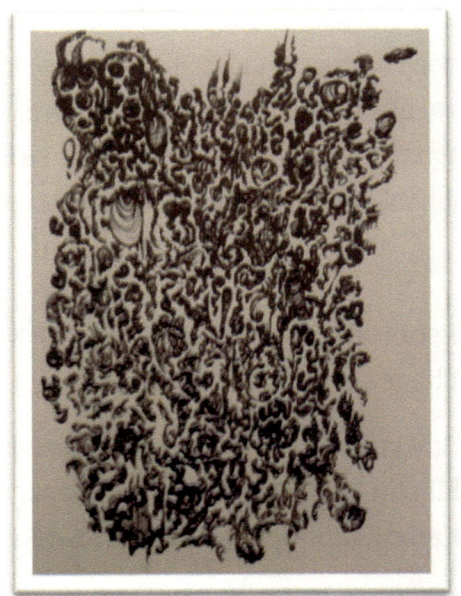

Seuraavaksi etenemme kehittyneisiin oppeihin:

Kehittynyt oppi numero YKSI: Kuinka tähdätä unelmiin

Kehittynyt oppi numero KAKSI: Kuinka tuntea ja miksi

Kehittynyt oppi numero KOLME: Aina löytyy toimintatapa

Kehittynyt oppi numero NELJÄ: Alitajunnan tietoisuus

Kehittynyt oppi numero VIISI: Mitä sinä tarkoitat

Tässä ne ovat:

Kehittynyt oppi numero YKSI viidestä: kuinka tähdätä unelmiin:

Osa yksi:

Meidän täytyy tyhjentää mielemme rojusta; joten piirrä paperille muotoja, ei ole väliä jos ne eivät näytä miltään; piirrä vain. Piirrä 10 viivaa tai muotoa; pääasia on piirtää jotain eikä ole väliä jos ne ovat erilaisia. Joten kun olet piirtänyt; katso viivojen muotoja, katso ja kuvittele mitä ne muistuttavat, on tärkeää että käytät mielikuvitustasi. Älä pakota itseäsi. Mieti mitä tulee mieleen muodoista ja viivoista. Sitten kirjoita paperille mitä viivoista tuli mieleen, oma mielipiteeni on ettei ole viivoja tai muotoja mistä ei tule mieleen mitään tällä tajuamisen asteella. Seuraavaksi yritä piirtää jotain mitä tuli mieleen sanoista jotka kirjoitit. Katso sanoja ja kirjaimia; kuvittele, kirjoita paperille mitä tuli mieleen niistä. Katso kirjaimia ja kuvittele ne joksikin asioiksi, nyt kirjoita paperille mitä ne muistuttivat. Piirrä vielä muutama viiva ja toista tämä oppi kahdesti.

Kolmannen kerran edetään syvemmälle. Vapautetaan mielikuvituksesi. Nyt ole erityisen varovainen ja kokeile piirtää jotain minkä tiedät. Kokeile huomata mitä haluat piirtää, katso ja näe minnepäin kätesi liikkuu. Voimme pelata peliä; ajatellaan että kädelläsi on omat aivot ja se haluaa liikkua jonnekin suuntaan paperilla, joten se liikkuu haluamaansa suuntaan helpoiten. Älä yritä liikuttaa kättäsi ja anna sen liikkua mihin tahansa helpoimmalta tuntuvaan suutaan. Jos vielä rajoitat itseäsi toista tämä osa yksi vielä kerran.

Jos tämä on tehty oikein alat tunnistamaan omaa persoonallista henkilö tyyliäsi ja voimme siirtyä seuraavaan osaan tätä kehittynyttä oppia numero YKSI.

Osa kaksi:

Mitä tekisit jos sinulla olisi rahaa?

Mitä olet halunnut koko elämäsi?

Missä oikeasti haluaisit asua?

Mitä et voi tehdä ja miksi haluaisit tehdä sen?

Jos voisit tehdä mitä vain; mitä kykyjä ja taitoja haluaisit itsellesi?

On tarpeeksi jos voit vastata edes yhteen kysymykseen. Mikä vain käy ja mieti ettei sinua loukattaisi tai mitään negatiivista ei ole olemassa tuossa unelmien täyttymyksessä.

Kuvittele talo, mitä lisäisit jos se olisi sinun? Kuvittele mukava paikka, onko se sänky, tuoli, patja lattialla? Mitä muuta talossa olisi? kaikki lattiat täynnä patjoja, kyllä! se toteutuu. Minkä värisiä patjoja tai muuta? Ole hyvä ja jatka, mitä olisi pihalla? Katolla, seinillä? Olisiko auto autotallissa? Mitä haluisit tuon auton olevan? millä tavoin koristelisit auton? Vaatimukset ovat sallittuja tässä kuvitellussa ajatuskartassa.

Kirjoita ylös unelmiesi elämästä. Piirrä osa siitä; jokainen pienikin osa laittaa sinut lähemmäksi sen toteutumista. Joka tapauksessa, piirrä mitä tahansa kaikkein kivoimmasta unelmien paikasta jossa voisit kuvitella eläväsi. Mene kirjastoon ja hakeudu jollain tavalla houkuttelevaan suuntaan jonkun kirjahyllyn luokse, ota hyllystä kirja ja mene pöydän ääreen lukemaan/selaamaan sitä. Avaa sivuja kunnes löydät jotain mielenkiintoista ja anna sormesi osoittaa kohti jotain aukeamalla, katso tarkkaan mitä sanaa sormesi osoittaa. Ajattele että juuri tuo asia on jotain sinun elämääsi liittyen ja ota se henkilökohtaisesti liittyen sinun unelmaasi. Mene kotiin ja piirrä mitä tulee mieleen. Katso piirustuksiasi tarkkaan; mitä tulee mieleen siitä? Kirjoita jotain siihen liittyvää ja toista vielä prosessi.

Mene kirjastoon ja lainaa kirja joka kertoo paikoista, esimerkiksi linnoista.

Ajattele että kirjan teksti on kirjoitettu sinulle henkilökohtaisesti ja kaikki mitä siinä on koskee sinun unelmasi toteutumista. Aisti mihin kätesi haluaa mennä selatessa kirjan tieto sisältöä. Mitä tulee mieleen? Kirjoita se ylös, mitä tahansa se on ja voit myös piirtää.

Nyt meillä on kyky unelmoida. Ajattele ettei ole esteitä tiellä kohti unelmallisinta paikkaasi.

Kehittynyt oppi numero KAKSI viidestä: Kuinka tuntea ja miksi:

Nosta kätesi kehosi sivuille ja anna niiden tipahtaa alas. Salli niiden nousta niin paljon kuin ne "haluavat" ilman väkistä voimaa. Jos ne eivät tunnu nousevan helposti se tarkoittaa että sinun pitää mennä istumaan maahan. Jos tuntuu raskaalta eikä mikään liiku ilman voiman käyttöä käy makaamaan maahan. Kun huomaat sallitun liike virran voimattomuuden olet tullut sinuksi itsesi kanssa. Kokeile eri asioita voimattomuuden huomaamiseksi.

Esimerkiksi: kokeile mennä ovi aukkoon ja pidä kätesi alhaalla ja paina oven karmeja kohti käsiäsi noin 30 sekuntia, tule pois oviaukosta ja anna käsiesi nousta. Se on simulaatio voimattomuudesta toteutettuna voimalla.

Siksi tämä osa on tärkeä että tämän avulla kaikki muut opit voidaan hallita ja myös tämän avulla voi selvittää edessäpäin olevat ongelmatilanteet.

Kehittynyt oppi numero KOLME viidestä: Aina löytyy toimintatapa:

Joka tilanteessa on voima ja mahdollisuus astua eteenpäin, edetä ja tehdä jotain. Sallien itsesi näyttää tie omaan tietoisuuden kirjastoosi voit löytää unelmiesi seikkailuun. Näin tehdäksesi huomaa minne osoitat kädelläsi, pääl läsi tai jopa jaloillasi; voit myös ajatella jonkin esineen näyttämään tietä sinulle jonka jälkeen seuraa itseäsi kuin seuraisit sitä osoittavaa tekijää.

Tunnetko sen jo?

Jos niin etene osoittavaan suuntaan ellei se vaikuta huonolta idealta jolloin älä mene sinne. Kokeile helppoa tehtävää, hae lasi vettä sallien itsesi näyttää ensin tietä jota seuraat lasille. Anna itsesi voiman käsitellä lasia, juo niin hitaasti vesi kuin tunnet. Tunnetko sen?

Jos havaitset voimattomuus voiman olemme valmiit NELJÄNTEEN kehittyneeseen oppiin.

Kehittynyt oppi numero Neljä: Alitajunnan tietoisuus:

Ajattele että elämässäsi; olet lampun henki; joku joka toteuttaa toiveita sinulle. Asioita joita ajattelet jotka eivät vaikuta huonoilta ideoilta ovat tie unelmiesi pankkiin. Siellä pankissa on henkiset valuuttasi, virtaus joka seuraa unelmiasi. Kun saat käsiisi tuon virtauksen olet jo siellä, unelmallisessa elämässäsi. Voimme leikkiä että ainut este tuon virtauksen saavuttamiseen on ettet etene sitä kohti. Anna itsesi liikkua kohti sitä suuntaa mistä ideat kumpuavat mieleesi.

Jos et, anna minun ohjata ajatuksiasi.

Sovitaan että olen näkymätön ja aion nostaa sormiasi eteen ja ylöspäin hieman kuin nostaisit sormeasi ylöspäin. Tehdään nyt niin ajatuksillasi. Voit kieltää ajatuksen mutta jossain vaiheessa anna ajatuksiesi virrata ja mene mukaan niihin. Voit pallotella niin että ajatukset ovat kuin kaverit jotka tulevat ovellesi kysymään sinua leikkimään päivä toisensa jälkeen ja voit aina kieltäytyä mutta ne tulevat kysymään silti koska ovat kavereitasi. En sano että samat ajatukset pyörivät mielessä niin kauan kuin lopetat kieltämisen, se olisi valhetta.

Sinulla on monta käytettävää ajatusta joka päivä joilla voit täydentää pohjaa tielle unelmiesi elämää kohti. Tietoisuus mistä puhun on ainoastaan se että avaisit silmäsi viisaudelle joka sinulla jo on.

Kuka sanoi että "tapasi tehdä asioita ei ole mitään ja et ole mitään muuta kuin hyödytön jos et kopioi ketään tai mitään"...

Jos joku ajatteleekin noin meillä on haastaja. Minä ajattelen että tuo on epätosi. Kuka tuon aloitti? Kopion kopio mutta kuka kopioi ensimmäisenä ja miksi? Minusta luovuus ei todellakaan ole kopioimalla tapahtuvaa. Olemme valmiit VIIDENTEEN kehittyneeseen oppiin.

Kehittynyt oppi numero VIISI viidestä: Mitä SINÄ tarkoitat:

Sinun ei tarvitse selittää kenellekään mitään. Tee vain asioita. Näytä mitä sinulla on. Toteuta ideoitasi jotka eivät vaikuta harmillisilta kenellekään tai huonoilta ideoilta. Aloita helposta asiasta ja avaa mielesi mahdollisuuksille. Älä välitä ajatuksesta ettet ole valmis. Tunteesi ovat sisälläsi eivät ulkona. Ole rohkea ja nauti vain mitä tahansa tunteesi ovatkaan sekä etene unelmiasi kohti.

Älä unohda liikkua mahdollisimman paljon voimattomalla voimalla. Salli ja sinulla on oikeus olla unelmasi elämässä sekä olla uniikki. Anna itsesi liikkua ja tekojesi merkitykset tipahtavat paikalleen. Ole hyvä ja kohtelias.

Se on siinä, toivottavasti olet valmis vastaanottamaan taianomaisia eeppisiä kokemuksia tästä lähin. Nyt sinulla on avaimet edetä unelmaasi kohden. Tiedä että suunnitelmasi ja päätepiste unelmassasi ei välttämättä ole paras mitä tulee tapahtumaan. Ota seikkailusi henkilökohtaisesti ja kirjaimellisesti, jotain voi ilmetä jos voit ajatella mitä kaikki voisi tarkoittaa sinulle. Mahdollisuudet ja vaihtoehdot ovat kokoajan ovimatollasi kuin ajatukset joista aiemmin oli kyse tässä tietoisuuden muistikirjassa.

Kappale 21 Muistatko minut

Nyt olimme selvillä joka kysymystä varten jotka koskisivat omana itsenä oloa, tarvitsimme vain mahdollisuuden tilanteen. Voisimme kehittää yhden tyhjästä mutta nyt ei ollut sen aika. Paikka alkoi täristä ja todellisuus muuttui sellaiseksi jossa emme olleet aiemmin käyneet ainakaan se ei näyttänyt tutulle.

Olin talossa joka alkoi romahtaa päälleni. Minuun ei paljon sattunut liikaa ja kohta joku huusi ulkopuolelta minulle tiilien ja puutavaran alle. Ääni kuului: "Aion auttaa sinut ulos sieltä" Henkilö sai minut pois rojujen alta. En tiennyt kuka tämä oli mutta kiitin häntä ja kysyin haluisiko hän liittyä seuraani seikkailussani, koska yksin kulkeminen ei ole hyvä idea. Ilmapiiri oli aavemainen ja vaarallisen oloinen. Lähellämme oli paikka josta kajasti valo sen sisältä. Olimme kiinnostuneita astumaan sisään joten menimme. Eteisen jälkeen käytävää pitkin tulimme suureen huoneeseen jossa oli suuri tuoli huoneen taka-osassa, huoneessa oli kaksitoista henkilöä meidän lisäksemme. Henkilöt olivat oudon näköisiä ja aika hämäriä. He toivottivat meidät tervetulleiksi ja nimesivät minut "Kivuksi" ja kaverini "Kuolemaksi".

En muistanut ketään heistä enkä "Kuolemaakaan". He kaksitoista eivät tienneet mitä heille oli käynyt, mutta he näyttivät vähemmän kokonaisilta kuin me ja halusivat olla kuin me. Juttelimme asioista ja saimme selville että he ovat tehty eri sielujen eri palasista. Heidän piti juoda pieniä määriä joitain aineita vähän väliä jotta tunsivat olonsa normaaliksi. Tilanne vaikutti samalta kuin minkä olimme kokeneet aiemmin. Aloimme saada ajatuksiimme asioita, muistimme jotain "Kuolemasta" ja muita asioita kokemuksistamme. Tällä kertaa vaan ei ollut "Leluja" ja "Huonot" näyttivät enemmän kidutetuilta, Kerroimme tarinoita niistä henkilöistä minkä nimisiä aineita "Huonot" käyttivät. Pelko, Viisaus, Kateus, Totuus ja Inho. Aineet antoivat samanlaisia tuntemuksia kuin: Aine nimeltä Pelko pistää käyttäjänsä pelkäämään ja niin edelleen. Sanoimme että heidän pitää tavata "Pelko" ja muut jotta tuntisivat, näkisivät, huomaisivat ja tajuisivat että aineet ovat vain valheita verrattuna aitojen persoonien seuraan.

He olivat yrittäneet rakentaa "Leluja" muistoistaan mutta eivät olleet onnistuneet. "Huonot" eivät ole voineet mennä sen lähelle joka oli kasannut sielujen palat "Huonojen" henkien päälle, eikä heillä ollut tietoa missä se tyyppi on.

Olimme pimeässä maailmassa taas. "Huonoilla" oli aseita joissa oli merkkaus teksti "-Rohkeuden tekemä Sydämesi sisältä-" He sanoivat että se oli erikoinen paikka heidän sydämissään jonka he olivat unohtaneet. Mutta sydämissämme me muistamme aina Rohkeuden ja osoitimme että sen täytyy olla paikka jossain missä Rohkeus on tekemässä aseita. Seikkailumme tähän mennessä on ollut vain osa alkua.

Osa 4 Kuiskaus tuulessa
Kappale 22 Jos vain olisin tiennyt

"Huonot" halusivat näyttää juttuja tästä maailmasta kuinka kaikki toimii. He ampuivat yhtä heistä aseella ja hän nousi vain takaisin ylös kaaduttuaan ensin taaksepäin. Viimeksi kun olimme täällä "Huonot" tappoivat toisiaan peleissä ja nyt oikeassa elämässä. He selittivät että heillä on kyky näytellä kuolemisen osa niin hyvin että se näyttää ja tuntuu aidolta kuin se tapahtuisi oikeasti, aseet on tehty sellaisiksi että ne vain näyttävät ampuvan aitoja ammuksia. He näyttivät kuolemisen ilman aseita. Se näytti niin aidolta että minä ja "Kuolema" oksensimme lattialle sen jälkeen. Todella taitavaa. Noilla taidoilla he voisivat rikastua jos he osallisuisivat teattereissa ja näytelmissä näyttelemiseen.

Me halusimme olla varmoja jostain ja päätimme mennä etsimään porttia, satama kaupunkia ja Oranssia Rangaistusta. Viime kerralla täällä oli satama kaupungista tänne puolen päivän välimatka kävellen joten suunnittelimme ensiksi paikantaa Oranssi Rangaistus ja portti. Oranssin Rangaistuksen kohdalla oli vain metallinen kyltti jossa luki "-Ei tällä kertaa-", portin luona oli myös metallinen kyltti jossa oli teksti "-Muista-". Nyt me yritimme ajatella ja muistaa kunnes "Kuoleman" mieleen tuli aika ennen tätä paikkaa. Me olimme molemmat vankina spirituaalisessa vankilassa ja hän jopa tiesi missä vankila sijaitsee. Me voisimme käydä siellä matkan varrella kun menemme kohti satama kaupunkia.

Reput oli pakattu ja lähdimme matkaan. "Huonot" ottivat aseensa mukaan jotta pystyisivät viihdyttämään ulkopuolisia. "Oletteko "Huonot" ongelmissa?" He sanoivat että heidät oli aivopesty pelkäämään omaa tyyliä tehdä asioita. He olivat taas syvästi untenmailla henkisesti ja halusimme herättää heidät. Matkalla satama kaupunkiin pysähdyimme paikassa jonka katolla oli suuri hattu, se oli majatalo joka oli täynnä artisteja satama kaupungista. Kerroimme seikkailustamme ja minne olimme menossa. He sanoivat: "Miksi kävellä, meillä on parempi keino, lennetään ajan halki."

Takapihalla oli laite, artistit osoittivat ja neuvoivat että meidän pitää hypätä laitteeseen ja sitten me tipuimme muutaman hetken jonka jälkeen tipahdamme toisesta laitteesta joka sijaitsee satama kaupungissa. Se kuulosti portilta. Me hyppäsimme siihen.

Me ohitimme vankilassa vierailun ja siirsimme sen myöhemmäksi. Satama kaupungin puolella oli vähän toisenlainen paikka. Oli tummaa usvaa ja ilma oli täynnä alkoholin lemua, äänet kantautuivat baareista. Tuo kaikki oli korvaamassa toria, kauppoja ja laivoja jotka me muistimme kaupungista. Laivat olivat tavallaan paikallaan mutta nekin olivat muuntuneet merirosvojen kuppiloiksi.

Ihmiset olivat myös muuttuneet. Nauru ja keskustelut olivat pimeämmän sävyisiä. Se on merirosvo ranta ilkeille ja uskaliaille. Me kysyimme joiltain merirosvoilta ovatko he kuulleet tai nähneet kavereitamme. "Arr sinun on parasta tietää kuinka, tai muuten b'ng, b'ng" yksi merirosvoista osoitti pistoolilla lappua seinällä. Siinä oli kuva "Kateudesta" ja palkkio summa numeroina: ">>>Kolme ja puoli kultaa<<<" ja piraatti sanoi "Se on siksi kun hän ei kertonut joillekin rosvoille kuinka hän on taidokas jossain tai jotain."

Merirosvolla oli jotain tuttua ilmeissään ja hän vinkkasi jopa vasenta silmäänsä sanojensa jälkeen. "Huonot" leikkivät kuollutta jonkin aikaa. Merirosvoja rupesi juoksemaan ulos kuppilasta kiireellä kauhusta "Huonojen" esitystä kohtaan. Kaikki muut juoksivat ulos paitsi se joka vinkkasi silmäänsä. "Mitäs meillä tässä on nyt?" Mihin piraatti vastasi "Yyystäviä" se oli "Viisaus", hän oli opetellut näyttelemään ja naamioimaan itsensä tuntemattomaksi merirosvoksi. Olimme haltioituneita. "Huonot" ampuivat kattoon ja ehdottivat "Mitäs jos mentäisiin Kysymysten myrskyyn ja nuuskittaisi se paikka läpikotaisin maasta kattoon?" Tuo olisi jännittävä idea mutta sääli ettemme voineet vielä lähteä toteuttamaan sitä; meiltä puuttui tärkeä osa varustustamme nimittäin laiva jolla liikkua sinne. Sataman laivat eivät olleet myynnissä emmekä halunneet varastaa, päätimme mennä takaisin suuri hattuiseen majataloon laitteella jolla tulimme minä, "Viisaus", "Huonot" ja "Kuolema".

Artistit Suuren hatun majatalossa eivät voineet auttaa ajoneuvon hankinnassa joten jatkoimme jalan kohti spirituaalista vankilaa. Se oli kahden päivän päässä kävellen. "Kuolema" sanoi että siellä oli ilma-laiva piilossa lähellä vankilaa jos paikka ei ollut muuttunut yhtään muistoista. Matkalla näimme paljon punaisia roskia ja lytyssä olevia kylttejä, jotka oli murskattu muodottomiksi rojuiksi. Puut polun sivuilla oli riisuttu lehdistä ja maalattu jollain maalilla osittain mustiksi rungoista. Joku vandaali oli käsitellyt tietä kohti vankilaa. Taivutetuissa kylteissä luki tekstejä ">>>Käänny takaisin<<<" ">>>Pysähdy<<<" ">>>Väärä suunta<<<". Me emme ottaneet niitä tosissamme ja jatkoimme matkaa. Puolessa välissä me leiriydyimme ja sytytimme nuotion ruokaa varten. Pystytimme muutaman teltan ja purimme myös repuistamme makuupussit kaikille nukkumista varten. Keitimme keittoa, söimme ja nukuimme aamuun asti. Joku herätti meidät aamulla lauleskelemalla. Ääni kantautui tuulen mukana sieltä päin johon olimme matkalla.

Pakkasimme tavaramme ja kävelimme kohti ääntä. Se oli naisen ääni jota emme olleet kuulleet aiemmin. Kun tulimme laulun lähteelle, näimme kun joku nainen oli sidottu puiseen suureen X kirjaimeen. Emme nähneet ketään muita missään joten autoimme naisen alas sieltä. "Huonot" sanoivat että: "Tämä tässä on "Nautinto". Hän halusi jäseneksi joukkoomme, hän selitti "Minut oli vangittu kun en tiennyt missä muut minun kaltaiset ihmiset ovat." Olimme iloisia että hän halusi liittyä meihin ja pienen jutustelun jälkeen jatkoimme matkaa. Nyt vankila oli näkyvissä kaukaisuudessa. "Kuolema" sanoi "Tuolla se on niin kuin muistin" Minulle se näytti piilotetulta linnakkeelta eikä kovin tutulta. "Kuoleman" muistelmien mukaan minä ja hän olimme olleet joskus siellä vierekkäisissä selleissä. Nyt meidän pitää löytää ilma-laiva ja lähteä sillä pois täältä määränpäähämme. Ulkoseinät olivat juurien ja roskien alla ja etuovi oli maalattu mustalla maalilla. Rauta ketjut ja niiden solmut olivat lukkoina ovessa. "Kuolema" kirosi: "Perhana!" Nyt emme voi mennä sisään, ketjut ovat liian kestävät."

Yritimme vetää ja työntää mutta se ei riittänyt. "Nautinto" pyysi "Huonoilta aseita ja heidän aineitaan. Nopeasti hän sai aikaan syövyttävän happo liuoksen johon hän yhdisti vielä panoksien sisuksia ja sulatti kaiken laser tähtäimellä niin että ketjut saataisiin sulatettua. Tiputimme liuosta ketjujen päälle ja ne sulivat rikki. Avasimme rauta ovet ja menimme sisään. Ilma-laiva oli pari kerrosta ylempänä, meidän piti löytää tiemme sinne läpi kummittelevilta tuntuvien käytävien. Menimme pari kerrosta ylöspäin ja näimme lakanoita jotka oli laitettu näyttämään pelottavilta kummituksilta.

"Hys, kuuletteko tuon?" sanoi yksi "Huono" . Hiljainen kuiskaus kuului: " Onko siellä joku?" ääni kuului käytävän toiselta puolelta. Emme uskoneet onneamme. Kukas muukaan, se oli "Rohkeus". Hän oli ollut täällä muutamia päiviä ilman seuraa ja oli tylsistynyt. Hän oli tehnyt ne lakana kummitukset ja oli odottanut että joku löytäisi hänet täältä. Paikassa oli keittiö josta "Rohkeus" oli hakenut ruokaa välillä, ruoka siellä oli kuin juuri kaupasta tulleen tuoretta kummallisesti.

Hän ei tiennyt miten oli päätynyt tänne vankilaan. "Kuolema" tiesi missä ilma-laiva oli ja "Rohkeus" tiesi mitä esteitä oli matkalla. Meillä oli jäljellä vielä syövyttävää ainetta. Tulimme viimeiselle ovelle ja siinä oli myös ketjuja ja lukko, sulatimme ketjut ja avasimme oven. Sen takana oli ilma-laiva aivan kuten "Kuolema" muisti. Meidän piti ajaa laivalla haperon levy-seinän läpi. "Kuolema" oli tehnyt laivan puukäsityötunneilla kun oli vankina ja minä olin suunnitellut sen. Käynnistimme koneet ja aloimme leijua, kiihdytimme moottoreita; "Kuolema" päästi kytkimen, ja se oli menoa, seinä meni rikki helposti. Aloimme edetä kohti Kysymysten myrskyä.

Minä muistin jotain vankilasta. Olin eri ajassa mutta samoissa selleissä mitä näimme siellä ja tunnelma oli sama. Olimme vankeja koska olimme erilaisia kuin muut. Näytin lelulta ja "Kuoleman" ulkonäkö oli liian täydellinen elämään muiden joukossa. En tiedä miten tämä on edes totta ja muistan nyt jopa aikaa ennen vankilaa. Olin "Lelu-maassa" josta inspiraatio tehdä leluja tulee. Paha maailma jossa on niitä joita olette vain nähneet leluina mutta siellä he ovat oikeita ja elollisia. Ainoastaan minä olen päässyt sieltä pois, se paikka on kuin painajainen tähän verrattuna. He ketkä asuvat siellä on pidetty siellä pahoilla tarinoilla ja legendoilla siitä että heidät muutettaisiin esineiksi eikä annettaisi olla elollisia. Ennen heillä oli jokin laite millä näki tänne maailmaan jotta pystyttäisiin todistamaan että tarinat olivat totta.

Olin ainut joka ei uskonut että sellainen negatiivisuus on aitoa ja sanoin että: "Minä näytän vielä mikä totuus on". Pakenin tänne vartioitua tornia pitkin kierreportaista mutta se on ainut mitä muistan, enkä tiedä miten pääsin tänne sieltä.

"Kuolema" oli hektisestä maailmasta, se paikka on äärimmäistä surullisuutta. Kukaan ei voi tuntea positiivisia tunteita paitsi intensiivistä rakkautta ja romantiikkaa, niin intensiivistä että se tuntuu pahalta. Siellä on enemmän rakastajia kuin niitä ketkä rakastuvat. Siellä et halua elää, kaikki on liian täydellistä. Kuin renessanssi ei olisi ikinä loppunut ja olisi ollut ikuisuuden olemassa, siellä ei ole aikaa. Pettymyksekseni näytti siltä että pahat tarinat olivat osaksi totta täällä; joku oli muuttanut elävien tilalle esineet eikä antanut ihmisten elää rauhassa. Halusin nyt korjata pahuuden ja karkottaa negatiivisuuden sen omaan ulottuvuuteen. Kunpa vain tietäisin missä se ulottuvuus on.

Kappale 23 Taikamainen numero

Me olimme taittaneet matkaa ilmassa kohti Kysymysten myrskyä mutta emme olleet siellä vielä; meni vielä jonkin aikaa mutta kun pääsimme perille näimme että Kysymysten myrskyn tilalla oli massiivinen pyörre joka imi sisäänsä kaikkea materiaa ympäriltään. Meillä oli teoria että pyörre on siinä koska sen alapuolella on avonainen portti. Lensimme pyörteen päälle nähdäksemme onko sen alla porttia. Pääsimme sinne ja näimme että asia oli niin. Ennen kuin ennätimme tehdä mitään pyörre tarttui laivaan, spiraali vedessä imaisi meidät virran mukaan, portti oli niin suuri että laivamme mahtui siitä hyvin läpi. "Kuolema" sai heitettyä tynnyrin porttia päin johon se osui ja portti alkoi sulkeutua. Pääsimme toiselle puolelle, Vesi lakkasi virtaamasta takanamme ja portti sulki itsensä. Me olimme tippuneet nyt paikkaan jota voi vain kuvailla sanoilla Muinainen ja Myyttinen.

Jätimme laivan koska se ei mahtunut liikkumaan paikan sisällä. Seuraavassa huoneessa oli keskellä lattiaa joku henkilö joka oli vammautunut jollain tavalla. Nostimme hänet valoon. Sanoin: "Tämänlainen vammauttaminen on mahdollista vain sielun leikkauksella ja olemme jahtaamassa leikkaajaa, katso näitä "Huonoja", heidät on tehty epätäydellisiksi jonkun toimesta. Homma menee näin; leikkaaja pakottaa sinut toimimaan toisin kuin toimisit että olisit joku toinen ihminen ja poissa omasta elämästäsi. Poissa siitä elämästä jossa olet enemmän sopiva omana itsenäsi olemisessa."

Meillä oli joitain vaatteita millä käärimme vammautuneen henkilön jota "Huonot" kutsuivat "Onnekkuudeksi" "Kuoleman" selkään jotta

voisimme liikkua syvemmälle myyttiseltä näyttävässä paikassa.
Hetkiä myöhemmin tulimme sokkelon ovi aukolle. Siinä oli kuva
pelottavasta hirviöstä, härän pää jolla oli voimakkaan miehen
vartalo.

Vieressä oli kaiverrus sokkelosta. Emme voineet selvittää
labyrinttia loppuun saakka, kartta muutti muotoaan joka kerta kun
yritimme ajatella kartan avulla minne päin pitää mennä että pääsee
loppuun. Ei ollut kiinnostavaa edes mennä koko sokkeloon.
Suunnittelimme syödä ensin ennen kokeilemista. Juttelimme että
tämä taitaa olla sama sokkelo minne meidän pitikin mennä 3000
vuotta taaksepäin vuodesta 1995 hetki sitten.

"Viisaudelle" tuli idea: "Mitä jos me muutumme sokkelon sijaan?
että aina kun sokkelo alkaa muuttua me vaihdamme

toimintaamme". Tuo oli mahtava idea, uusi tapa lähestyä ongelmaa. Sokkelon toiminnassa on varmasti joku logiikka ja tuo voisi olla se. "Huonot" sopivat että vaihtavat elossa olon ja kuolleissa olon välillä aina kun sokkelo meinaa liikkua. Se toimi hyvin, näytti siltä että labyrintin ohjaaja ei kestänyt sitä mitä "Huonot" tekivät. Näimme jopa Minotaurin joka nähtyään "Huonojen" esitystä pakeni syvemmälle sokkeloon. Monen hetken päästä olimme selvittäneet tiemme loppuun.

Nyt olimme maailmojen välissä ja edessämme oli uudenlainen todellisuus. Sitä olisi voinut kuvailla joksikin aidoksi, missä henget ja ihmiset ovat yhdistyneet onnellisuudella. Mutta se oli vain vilaus jotain ja paikka ympärillämme muuttui ja äkkiä olimme eri planeetalla. Tällä kertaa olimme jossain missä oli Kaiken näkevä silmä, Kaiken ohjaaja sekä Yli valvoja. Kolme henkilöä jotka olivat kuin toisesta maailmasta, todella futuristisia asusteiltaan ja puhuivat ymmärrettävää kieltä. He eivät voineet kontrolloida meitä koska he eivät käsitä vapaata tahtoa joten he kokeilivat kontrolloida ympäröivää maailmaamme jotta ohjautuisimme heidän luokseen.

He olivat vastuussa hypyistä toisiin maailmoihin, todellisuudesta toiseen ja hetkestä aikaisempaan. He muokkasivat sokkeloa myös ja sanoivat että päästävät meidät omaan maailmaamme jos pidämme itsemme omina itsenämme emmekä elä kenenkään elämää muuta kuin omaamme. Me opetimme kuinka voi olla oma itsensä ja pitää hauskaa omien kykyjensä kanssa. "Huonot" opettivat kuinka leikkiä kuollutta ja ne kolme kertoivat mistä löytää leikkaaja ja miten päästä "Petoksen" jäljille. He sanoivat että polullamme on paha voima ja että sen voiman luonto pitää ottaa vakavasti. Me emme ole tavanneet sitä vielä. He kolme eivät voineet manipuloida sitä pahuutta. "Viisaus" kysyi missä muut olivat, mutta he pystyivät vain sanomaan että törmäämme heihin matkalla "Petoksen" luo. Maailmamme ei ollut Maa planeetta. Omamme oli samassa universumissa mutta toisessa galaksissa.

"Petos" oli Maa planeetalla ja tulevaisuudessa jostain näkökulmasta; jos lähtisimme matkaamaan sinne nyt, olisimme siellä kun "Petos" olisi olemassa. Mutta olisimme liian vanhoja. Meidän piti mennä ajassa eteenpäin ja hypätä pitkä matka avaruudessa.

Heillä kolmella katsojalla oli laite millä nähdä sinne missä paha voima oli. He sanoivat että tuolla pahalla saattaa olla käsissään joku meitä hyödyttävä asia. Paha voima oli joku henkilö jonka elämää "Huonot" olivat joutuneet elämään. "Huonot" olivat vihaisia ja tosi suuttuneita. Kaiken näkevä silmä ehdotti että tekisimme kaupat pahan voiman kanssa. "He haluavat taitoja sekä elämänsä takaisin, antakaa nuo heille niin he rakentavat maailman teille missä on Maa pallo". Kysyimme viimeisen kysymyksen: "Voivatko he todella tehdä niin?" meille vastattiin "Kyllä, heidän elämänsä on varastettu jotta he eivät loisi maailmoja mihinkään todellisuuksiin". Tuo käy järkeen, meidät siirrettiin planeettamme pinnalle ja tulimme tori aukiolle. Nyt pitää vaan kävellä toiselle puolelle kukka aluetta torilla. Siellä voimme ostaa kulkuvälineitä ja matkata todellisen pahuuden luokse, joka oli seuraavassa kaupungissa. Se oli noin neljän tunnin matkan päässä nykyisestä kaupungista. Sielun leikkaaja oli siellä jossain myös. Se on todella leveä kaupunki jossa asuu 140 miljoonaa ihmistä. Nappasimme kasvis pannukakkuja mukaan ruoka kojusta ja kävelimme läpi torin. Ostimme kolme ajokkia ja kaikki hyppäsivät kyytiin. Sitten ajoimme aavikko viidakolle joka oli kaupunkien välissä.

Meillä oli pieni kilpailu ajoneuvoillamme, aluksi tiimi nimeltä - Huono Kahdesti- hyppäsi johto asemaan käyttäen kaatunutta puun runkoa, minun ohjaama ja toinen ajokki taistelimme rinta rinnan - Huono kahdesti- tiimin takana. Me melkein osuimme isoihin kiviin, minun tiimini törmäsi puuhun mutta pomppasi siitä takaisin polulle ja sai vauhtia puusta. "Kuoleman" tiimi tipahti kolmannelle sijalla, he yrittivät saada meitä kiinni heittelemällä pannukakkuja moottoreihimme. He onnistuivat kiihdyttämään ensimmäiselle sijalle hyppäämällä puun päälle ja kierimällä alas sieltä. "Kuoleman" joukkue voitti, -Huono Kahdesti- tuli toiseksi ja minun porukka kolmanneksi. Näimme leirin horisontissa. Se oli he "Pelko" ja "Kateus". Pysäytimme ajokkimme ja tervehdimme heitä. Heillä ei ollut hajuakaan miten he olivat päässeet tänne. Viimeinen muistikuva oli kun he olivat piilossa merirosvo laivassa salaisesti ollessaan pakosalla palkkion metsästäjiltä; he ummistivat silmänsä ja avatessaan ne he olivat tässä viidakossa leiriytymis- tavaroiden kanssa.

Me sanoimme: "Me yritimme etsiä teitä mutta tuli eteen tilanteita ja asioita tapahtui, tiedämme missä "Petos" on. Olemme menossa sinne mutta meidän pitää ensin tavata porukallinen pahoja tyyppejä. Sielun leikkaaja on myös samassa kaupungissa kuin porukka".

"Pelko" ja "Kateus" olivat heti mukana ja virittivät ajokkimme kulkemaan kovempaa. Meillä oli juuri sopivasti istuin tilaa heille kahdelle. He lähtivät kanssamme kaupunkia kohti. Seikkailun aikana olin piirtänyt kuvan, sen nimi oli avain universumiin. olin tehnyt sen sellaiseksi että sen katsojan inspiraatio heräisi.

Viimein pääsimme kaupungin rajamaille, jätimme ajokkimme sivu laitamille ja kävelimme syvemmälle metropolikseen. Viimeinen paikka jossa tiesimme pahojen tyyppien porukan hengaavan oli kuppila nimeltä "!-Korkein Hinta-!" Se on uhkapeli kapakka kauppiaille ja piilotettu hyvin vartioidulle puutarha-alueelle. Puutarha sijaitsee kolmannelta sektorilta pohjoiseen kaupungin keskeltä ylös ja leijuu kuudesta kahdeksaan tason korkeudella yläviistoon. "Aika korkealla, miten me meinataan päästä niin ylös , eihän meillä ole edes köyttäkään". "Viisaus" kysyi.

"Minulla on suunnitelma.." mainitsi "Pelko" ja jatkoi: "...Siellä on systeemi jonka mukaan vartijat toimivat ja heillä on aukko siinä, me menemme puutarhaan hiippaillen ja yksi kerrallaan kunhan aika ikkuna antaa periksi. "Viisaus" ja "Kateus" hoitavat kuppilan etsimisen ja menevät ensimmäisinä. "Huonot" seuraavaksi ja kun paikka löytyy he menevät aseiden kanssa sisään osoittamaan kauppiaita kunnes me muut saavumme, kauppiaat eivät tiedä ikinä että aseet eivät ole oikeita".

Tuo oli erittäin hyvä suunnitelma mutta kuinka pääsisimme kuuden kautta kahdeksan tason korkeuteen oli vähän mutkikkaampi homma. Meidän piti vaihtaa piirrokseni Ylikuormittaviin sähköpiiri koodaajiin joilla me hakkeroituisimme leijuvan puutarhan virtapiireihin hetkeksi, näin saisimme laskettua puutarhan niin alas tasoille yksi kautta kolme että voisimme hypätä sisään ennen kuin se nousisi takaisin.

Meillä oli vain minuutti aikaa hypätä rakennukseen ja meitä oli kaksikymmentä kahdeksan, kapea ovi ja vartijat kävivät tarkastamassa aluettamme puutarhan reunalta noin neljä kertaa minuutissa, meidän piti näytellä harhailevia kun meidän suuntaan katsottiin. Homma oli helppo "Huonoille", he vain näyttelivät kuolleita koko matkan ovelle asti. Meistä muiden piti olla ihmettelevinämme ruohoa ja pensaita kuin oltaisiin etsimässä jotain, jos vartijat huutaisivat meille: "Mitäs touhuatte?" Me vain vastaisimme niin kuin ravintolassa: "Sitä tavallista" koska vartijoiden koodi kieli koostuu vain valheista ja itsestään selvistä asioista. Jos olisimme hitustakaan rehellisiä vartijat saattaisivat arvata: "Jotain on tekeillä täällä! Hmm... tuossa on jotain epäilyttävää.." ja niin edelleen. "Viisaus" alkoi koodata rakennuksen levitaatio ohjauspaneelin virtapiirejä, "Nautinto" sääti ylikuormittavat sähköpiiri koodaajat paneelin syötevirtaan ja olimme valmiit liikkumaan. Ostimme hatut kaikille rahalla jota piirroksen vaihdosta jäi yli jotta meitä ei tunnistaisi niin helposti. Kuolleiden näköiset "Huonot" menivät ensin. Heidän jälkeensä "Rohkeus" ja "Kuolema" menivät näytellen "Etsivän vihjeitä" ja näyttivät etsiviltä etsivä hattujensa kanssa. Minä ja "Viisaus" näytimme "Kalaan meneviltä" kalastus hattuinemme. "Pelko" ja "Kateus" olivat "Myymässä mattoja". Loput näyttivät olevansa lomalla. Vartija katsoi meitä ensimmäisen kerran kun olimme puoli välissä kohti ovea. Kuolleen näköiset "Huonot" jatkoivat esitystään, hiippailivat ruumiina avasivat oven ja menivät sisään puutarha alueelle. "Kuolema" ja "Rohkeus" kävelivät zik-zakkia pensaalta pensaalle kuin olisivat etsimässä jotain puskista. Minä ja "Viisaus" kävelimme hidastetusti suoraan. Loput kävelivät suurikokoiset pensaat yllään päissään, loma hatut puskien päällä. Vartijat kysyivät kaksi kertaa "Mitäs touhuatte?" ja vastasimme "Mitäs ajattelet?" johon vartijat sanoivat "Jatkakaa toki sitä mitä teette". eivätkä he epäilleet yhtään, joka oli hyvä juttu ja pääsimme kaikki ovelle ennen kuin rakennus leijui taas kuuden kautta kahdeksan tason korkeudessa. "Huonot" hiippailivat vartijoiden välissä ja takana huomaamattomasti. He etsivät "!-Korkeinta Hintaa-!" puutarhan reunoilta. Muut kerääntyivät keskelle aluetta missä vartijoita ei ollut partioimassa.

"Nautinto" istui kivelle, lattia liikkui allamme ja portaan liukuivat esiin johtaen alas. "Viisaus" vihelsi sävelen kutsuakseen "Huonot" puutarhan keskelle. Menimme alas ja avasimme oven alempana. "Huonot" menivät sisään ensin. Ampuivat kattoon ja alkoivat osoitella sisällä olevia pelureita. Muut menivät istumaan pöytiin ja alkoivat kysellä paikan pelaajilta missä pahat tyypit olivat. Jotkut peluri kauppiaista osoittivat takaovea kohti ja sanoivat: "He menivät

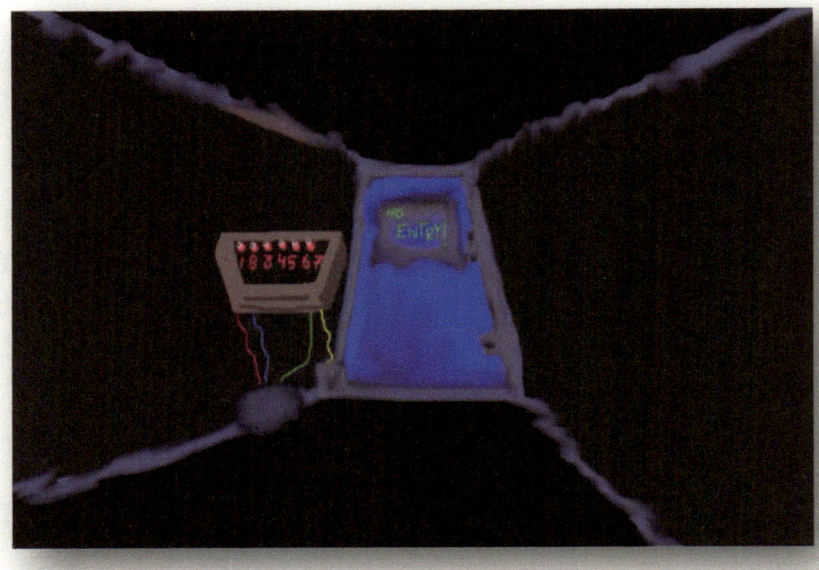

tuonne, koodi oveen on 458 ja muistakaa koputtaa kolmesti."

Kappale 24 Väkivalta

Annoimme pelureille yhden "Huonojen" aseista kiitokseksi avusta ja etenimme kohti ovea. Joitain ääniä ja puhetta kuului oven toiselta puolen. Näppäilimme koodin ja koputimme kolme kertaa. Ovi aukesi ja näimme kahdeksantoista henkilöä istumassa pöydissä pelaamassa jotain rooli-lautapeliä. Kaikki heistä katsoivat meitä. "Huonot" sanoivat: "Olette me, ettekös olekin?" Pahemman näköiset sanoivat "Näytätte tutuilta kyllä, teidän kuuluisi olla me eikö? niin että teidän pitää tehdä pahoja asioita!?" "Huonot" jatkoivat: "Joo meidän pitää tehdä asioita jotta tuntisimme olomme ei niin pahoiksi joita meitä ollaan vaadittu olevan." Pahemman näköiset sanoivat: "Meidän on ollut tehtävä juuri päin vastoin; meidän on vaadittu olemaan kivoja ja hyviä. Joten olemme keskittyneitä toimimaan ja olemaan todella pahoja." he jatkoivat juttelua toistensa samankaltaisuuksista ja eroavaisuuksista hetken. Meidän piti lähteä menemään ja kutsuimme joukkion mukaamme seikkailuun. "Huonot" muuntuivat hieman normaalimmiksi mutta vielä oli matkaa heidän parantamisessa. Meidän piti löytää sielun leikkaaja jotta "Huonot" pääsisivät alkuperäisiin muotoihinsa. "Pahat" halusivat liittyä meihin ja löytää "Petoksen" kysyäkseen elämää muuttavista asioista.

Selitimme heille että "Petos" on olemassa toisessa ajassa ja kaukana täältä. "Petos" on vaihtanut todellisuutta epätodelliseen missä hän ei ole lähelläkään omia pahojen tekojensa uhreja. Meidän pitää vain mennä oikean maailman sisään ja etsiä käsiimme tuo pahojen asioiden käyttäjä. Uuden joukkiomme tulokkaat eli "Pahat" sanoivat että he voisivat tehdä maailman mutta haluavat jotain vastineeksi ja jos haluamme mennä aitoon maailmaan meidän pitää saada "Petos" kiinni ensin hänen epätodellisuudessaan.

Mennäksemme sinne meidän pitää saada "Pahat" omiin elämiinsä. Heidän elämänsä on kaukaisessa paikassa toisella planeetalla. "Pahat" tiesivät salaisen oikoreitin pois leijuvalta puutarhalta. He avasivat lattiasta luukun ja kaikki liu'uimme alas putkea pitkin leijuvalle ilma-alukselle. Kaikki me mahduimme alukseen kivasti. Se oli vanha hyökkäys alus jostain vanhan-aikaisesta sodan täytteisestä maailmasta jonkalaista emme olleet kokeneet elämämme aikana. Tarvitsimme "Väkivalta" nimistä henkilöä ja hänen tietoisuuttaan luodaksemme todellisuuden missä saisimme kiinni "Petoksen". Alus oli ajalta jolloin "Väkivalta" hallitsi maailmaa. Todellisuus josta meidän pitää pelastaa "Väkivalta" niminen henki takaisin aitoon maailmaan. Hän johtaa sitä paikkaa nyt ja meidän pitää mennä sinne seuraavaksi. Nyt on sellainen aika jolloin se planeetta ei ole olemassa jolla "Väkivalta" elää, mutta "Joo todellakin voimme tehdä niin joten teemme niin!" :sanoin johon "Huonot" hurrasivat: "Niin me voimme, niin me teemme!". "Pahat" pystyivät menemään tuohon todellisuuteen maailmojen väliseen tilaan vanhalla hyökkäys ilma-laivalla. Heillä ei vain ollut polttoainetta. Sulatimme "Huonojen" aseet syövyttävällä aineella nestemäiseen muotoon mitä pystyi käyttämään polttoaineena. "Tehdään tämä homma!" sanoivat "Pahat" ja painoivat nappeja aluksen kojelaudassa. Näkyvyydessä oleva maisema vaihtui kaupungista punaiseen aavikkoon.

Maassa oli ruskeita kiviä ja hylättyjä aseita lojumassa. Nyt olimme "Väkivallan" maailmassa. Lensimme jonkin aikaa kunnes näimme rakennuksen joka näytti joltain päämajalta tai linnakkeelta. Pysäköimme aluksen ja hyppäsimme maahan. Rakennuksessa oli isot ovet jotka olivat auki, menimme sisään. Seinillä oli kuvioita ja symboleja jotka olivat aika pelottavia. Muutama hetki harhailua käytävillä johti meidät huoneeseen jossa oli portaat, niiden yläpäässä oli iso tuoli. Joku istui siinä varjossa. Huone oli vähän hämärä, vain keskellä sitä oli valoisaa. Seuraavaksi jotkut muut astuivat valoisalle kohdalle huonetta ja tuolilla istuva hahmo nousi seisomaan samalla sanoen "Kenet meillä on kunnia tavata?" Mihin me vastasimme "Ajan soturit aidosta todellisuudesta". Varjoista tulleet olivat häkeltyneitä haluten tietää lisää siitä miksi olemme täällä ja me vain tarvitsimme tavata "Väkivallan". Henkilö rappusten yläpäässä sanoi olevansa "Väkivalta". Hän vastasi kysymyksiimme, oli halukas auttamaan ja muutaman tunnin päästä keskustelua hän halusi lähteä mukaamme aitoon todellisuuteen. Kaikkein kokeneimmat sotilaat tuosta maailmasta liittyivät joukkioomme myös ja me lupasimme että tulisimme myöhemmin hakemaan kaikki muutkin todellisuuteen kunhan olisimme tehneet tehtävämme. Nyt palasimme takaisin metropoliin ottamaan kiinni sielun leikkaajan.

Tulimme kaupungin lentokentälle. Jätimme aluksen lukkoon sinne ja jatkoimme loppumatkan jalan. Sielun leikkaaja sijaitsi aiemmin yhdeksän kautta kahdentoista tason syvyydellä alhaalla pää romuttamon torin alla kadulla Hullukuja 65 katupolku numero 7. Se oli lähes keskellä kaupunkia ja paikaltamme oli matkaa noin muutama tunti kävellen ja sieltä pitäisi vielä kulkea alaspäin toiset kaksi tuntia alas yhdeksännelle tasolle. Nappasimme eksoottisia hedelmä lautasia mukaamme torilta ennen kuin aloimme mennä katujen syvyyksiin. "Rohkeudella" oli ollut koko matkan piilotellessaan palkkion-metsästäjiltä merirosvo laivassa se musiikki-rasia joka nyt oli muuttunut digitaaliseksi nauhoittajaksi.

Soitimme musiikkia matkalla syvimmille tasoille kaupungin katakombi verkostossa. Hullukuja 65 varrella oli joukkio susi naamioilla varustettuna olevia ryöstäjiä estämässä kulkua juuri ennen polku numero 7 alkua. He eivät välittäneet ketä olimme, minne olimme menossa ja mitä teimme, he hyökkäsivät kimppuumme. Heitä oli vähemmän kuin meitä, mutta silti he kokeilivat ryöstää meidät. Me voitimme kahakan ja rosvot olivat pahoillaan. He sanoivat:

"Emme ole tavanneet ketään noin kovaa vastusta, joukkonne on uskalias kun kuljette näillä alueilla. Kiitos kun törmäsitte meihin ja kun valitsitte tämän polun, nyt me tiedämme että on olemassa joitain meitä voimakkaampia ja nyt olemme valmiit kohtaamaan myös sellaista." Jaoimme ryöstäjien kanssa loput ruuistamme. Heidän joukossaan oli yksi jolla ei ollut maskia ja hän halusi liittyä joukkoomme mukaan kaupungin syvyyksiin. Se oli Mikhael, ryöstäjä tarinoistani joita kerroin "Huonoille" ennen koko seikkailua. Olimme ihmeissämme että hän oli täällä myös. Vain "Totuus", "Fobia", "Ihme", "Sandra", "Fredrik" ja "Jefrey" olivat kadoksissa tällä kertaa. Mutta meille oli kerrottu että tapaisimme muut matkalla "Petoksen" luo. Joten pidämme toivoa yllä.

Kävelimme pitkin seitsemää polkua suuren ilmasto putken luo ja Mikhael sanoi: "Minä tiedän tien alas, olemme käyttäneet näitä putkia ja muita paetaksemme ryöstöjemme uhreja susi päiden kanssa. On oikoreitti seitsemän ja kahdeksan tason kohdalla" hän avasi putken luukun muutamalla käden liikkeellä. Pääsimme putkeen. Piti kävellä toiselle puolelle tasoa jotta pääsisimme oikoreittiin joka sattui olemaan hissi. Oli vain yksi juttu, hissi oli vanha ja ruosteinen. Se oli toiminut hyvin kuljettaessaan kolmea henkilöä mutta meitä oli 43. Me yritimme korjata ja säätää sitä ja saimme sen kapasiteetin nousemaan 10 henkilöön kerralla. Joten viisi kertaa olisi tarpeeksi.

Kolmannella kerralla hissi jumiutui hetkeksi, luulimme että seikkailumme tyssäsi siihen mutta "Viisaus" joka oli juuri silloin hississä heitti kiven taidokkaasti hissin vastapainolle. Hissi alkoi taas hitaasti liikkua ja kohta liikkui normaalia vauhtia.

Pääsimme kahdeksannelle tasolle, ja edessämme oli enää kaksi tasoa ennen kuin saavuttaisimme sielun leikkaajan. "Rohkeus" ja "Nautinto" koodasivat digitaalisen musiikki-rasia nauhurin näyttämään asioita ympärillämme kuin tutka. Nyt huomaisimme milloin meillä on seuraa. Muutama hetki seikkailua, puolitoista tasoa alempana löysimme leikkaajan tutkastamme. Hän näytti olevan katakombin taka-alalla jonka lähellä nyt olimme, rauta oven takana. Avasimme oven ja tulimme johonkin luolaan, siellä oli kaksi henkilöä jotka näyttivät tohtoreilta. He olivat peloissaan ja sanoivat etteivät halua että satutamme heitä. He sanoivat että leikkaaminen tapahtuu aivopesu metodeilla ja että heille oltiin luvattu ettei kukaan tulisi heidän peräänsä.

Keinot joita tohtorit olivat käyttäneet olivat: Tarinoiden värittämistä ja valehtelua siitä missä on mitäkin ja missä ei ole mitään. Näin me emme tietäisi totuutta ja emme törmäisi elämiemme ihmisiin. Tohtorit sanoivat että voivat korjata henkemme ja se olisi helppoa. Heidän piti vain kysyä pari kysymystä "Huonoilta" ja "Pahoilta".

Ensiksi, "Mikä on lempi värinne?" ja toiseksi " Mikä on lempi esineenne?" Kummillakin oli vain yhdet vastaukset kumpaankin kysymykseen: "Musta" ja "Violetti". "Tämä onkin kiinnostavaa, entäpä toinen kysymys?" sanoi toinen tohtori johon toinen joukko vastasi "Kivi pallo" ja toinen "Taianomainen kuutio". Tohtorit olivat innoissaan. He eivät olleet tehneet tätä käänteistä aivopesua ikinä aiemmin. He kelailivat hetken ja sanoivat; "Teidän musta kivi pallonne ja violetti taikalaatikko on siellä missä "Petos" on, hän pitää esineitänne ominaan ettei teillä olisi omaa elämäänne ja ettette olisi olemassa. Musta kivi pallo oli "Huonojen" taika esine, jonka avulla he voisivat inspiroitua ja tehdä taiteitaan, ilman sitä he ovat sokeita kaikesta maailman hyvyyksistä. Violetti taika laatikko on "Pahojen" väline jolla voi mennä eri maailmoihin tai jos haluaa niin luoda todellisuuden aitoon maailmaan. Ilman sitä välinettä he eivät voi tehdä oikein mitään kunnolla eivätkä näe maailman positiivista potentiaalia tai löydä aitoa rakkautta. Kukaan ei voi elää tavallisesti ilman näiden "Huonojen" eikä myöskään "Pahojen" esimerkkiä siitä mitä he ovat sydämeltään. "Pahat" laitteensa avulla voivat selvittää valheet jotka ovat kadottaneet meidät elämistämme ja laittaa kaikki meidät Maapallolle, siihen aikaan missä todellisesti olemme olemassa. Se on NYT, joten meidän pitää mennä sinne todellisuuteen jossa "Petos" väijyy ja sinne pääsemme seuraamalla valheiden jonoa niiden lähteelle.

Mitä lähemmäs pääsemme lähdettä ja noita esineitä sitä normaalimmalta kaikki näyttää ja tuntuu "Huonoista" ja "Pahoista".

Aloitimme etsinnät kaupungin äänekkäimmästä paikasta; "Puheen jakajista". He pitävät puheitaan kaupungin talolla, suurkaupungin pää talossa. Tohtorit halusivat vielä sanoa yhden asian ennen kuin menimme pinnalle; "Muistakaa kuiskaus tuulessa." Emme tienneet mitä tuo tarkoitti mutta emme myöskään vaivanneet päitämme sillä liikaa. Tohtoreilla oli oma salainen hissi jota saimme käyttää.

"Käy meille kiitos" sanoi "Rohkeus" ja menimme hissillä pinnalle. Hissi nousi oudon voodoo kaupan takahuoneeseen, hyllyillä oli pääkalloja ja outoja noituuteen liittyviä tavaroita. Ulkopuolella olimme umpikujan varrella ja kävelimme kadun päähän jossa huomasimme olevamme kaupungin talon vieressä. Siellä oli juuri joku "Puheiden pitäjä" omassa huoneessaan valmistelemassa puhettaan.

Nyt meillä oli "Väkivalta" ja hänen tietoisuutensa. Hänellä oli totuuksia vaarallisuudesta ja hän suositteli että "Puheen pitäjä" kertoisi missä hän oli oppinut valheet joista puhuu totuuksina tai "Väkivalta" kertoisi kammottavia tarinoita pelon valtaamasta vaarallisuudesta joka hoitelisi "Puheen pitäjän" kallisarvoisen sielun pois olemasta. Lopettaen hänen elämänsä tuo tarina tekisi. Varmistaakseen vielä "Väkivalta" lausui; "Syö sielusi, mutusta kunnolla, se imee nuo viimeiset veri tipat jotka voisivat pelastaa henkesi; kertoessasi lisää valheita joita en tajua kadut vielä kuolleenakin noita sanoja". "Puheen pitäjä" Ei halunnut kuulla yhtään noita tarinoita ja auttoi niin paljon kuin voi. Päädyimme etsimään "Petosta" kirjastosta mutta emme odottaneet suoria vihjeitä olevan siellä. Meidät ohjattiin etsimään merirosvoihin liittyvien kirjallisuuksien joukosta vihjettä, yhden kirjan välissä oli kirjekuori. "Viisaus" avasi sen. Siellä se oli, kirkas vihje vielä sellaiselle tarkoitettu joka etsi "Petosta". Tekstissä luki: "-Kaiken varas. Petos on todellisuudessa Tuulisessa Pilvessä, Menkää Jakautuneelle sektorille hakemaan ilma-alus ja siellä Tuuliseen Pilveen-" Emme olleet käyneet siellä koskaan. Me pääsimme omalle aluksellemme ja kysyimme neuvoa lentokentältä. Lähdimme kohti Jakautunutta sektoria, matkaa oli muutama tunti lentäen.

Perillä oli kaksi korkeaa tornia ja joki niiden välissä, tämä oli Jakautunut sektori. Meidän aluksemme ei voinut lentää Tuuliseen Pilveen se sijaitsi liian korkealla. Kävelimme sisälle toiseen torniin, siellä oli paljon ihmisiä. Moni yritti myydä meille jotain asioita mutta olimme vain kiinnostuneita kyydistä Tuuliseen Pilveen. Viimein saimme tehtyä kaupat kyydistä. Lähdimme heti matkaan.

Kappale 25 Liian tuulista

Yö vaihtui päiväksi ja pääsimme Tuuliseen Pilveen. Me harhailimme itsemme paikkaan jossa "Petos" oli jossa ensiksi anastimme tavaramme takaisin ja sitten aloimme kysellä kysymyksiä. "Petos" ei välittänyt esineistä ja vastasi meille koska ajatteli ettei häntä voi voittaa mitenkään kukaan missään, eikä todellakaan tämä tappelu ollut poikkeus. Hän pilkkasi ja haukkui meitä alaistensa kanssa. Me kysyimme: "Mitä saat näistä valheista ja ihmisten pakottamisesta elämään jonkun toisen elämää?" Hän vastasi "Kaiken mitä haluan".

Kuulin kuiskauksen "..Muista.." Tiesin heti että nyt pitää toimia ja huusin "NYT!" "Kuolema" ja "Väkivaltaisuus" sanoivat heti samaan aikaan "Petokselle" -> "Katso itseäsi, etkö näe miltä näytät; mädäntyneeltä palalta myyrän sontaa joka on puoliksi syöty ruoka pierulta käryävät käyrät korvat, hengityksessäsi on reikiä joissa kodittomat katuihmiset pitävät juhliaan. Sinä muistutat apinaa mikä on nähnyt parhaimmat päivänsä ennen syntymäänsä". Hän alkoi huutaa "Tiedätkö miltä sinä näytät.." ja jatkoi meidän nimeämisiään ja kuvailuitaan, nimeämisten ja selitysten lomassa hän sanoi että haluaa tuhota meidät ja alkoi ampua meitä kohti, Hänen alaisensa tekivät samoin. Ennen kuin he osuivat meihin "Pahat" avasivat tien aitoon maailmaan ja vaihtoivat "Petoksen" paikan Peili maailmaan näyttämällä keskisormia sanoen hänelle: "Me olemme sinä ja sinä olet pelle". Peili maailmasta ei voi mennä minnekään jos ei ole rehellinen. Nyt "Petos" ja hänen alaisensa näkevät vain meidät näytöistään ja heijastuksistaan sekä peileistään. Me näemme itsemme omista heijastuksistamme ja peileistämme. Eri todellisuudet lensivät ohitsemme todella nopeasti kun pääsimme unelmiemme todellisuuteen. Olimme nyt talon pihalla. Katsoimme tarkemmin ja siellä oli kyltti "Tervetuloa kotiin" ja jotkut tulivat pihalle talosta. Helpotukseksemme se oli "Totuus", "Fobia", "Ihme", "Sandra", "Fredrik" ja "Jefrey". He tulivat tervehtimään meitä ja heillä oli tarinoita kerrottavana. Nyt olimme Maapallolla ja todellisuudessa missä meidän pitikin olla. Me söimme, juttelimme, jaoimme asioita ja myöhemmin teimme nuotion jonka äärellä kerrottiin taruja. Keksimme monia uusia asioita miten tehdä taidetta ja muita juttuja. Me olemme valmiit...

Osa 5 Ilon leikkikentät

Liittyvä rankkuus

Kappale 26 ..toimet

(Toisaalla, toisen henkilön elämässä...)

Äkkiä "twomp" ääni kuului ylhäältä jostain ja kysyin äänekkäästi "Mikäs tuo ääni oli?". Kassakaappi aukesi äkkiä ainakin niin sanoi auttaja joka tuli alas rappusia yläkerran kirjastosta. Join siemauksen teetäni ennen kuin reagoin tuohon selittäjän suun osoitukseen, se tuntui heti siltä että tuo "äijä" ei kertonut kaikkea ollenkaan. Kuinka loogista se oli että hän ymmärsi ettei tuo ollut yllätys. Kahvi tai mitä ikinä hän oli keittänytkään minulle maistui aika karmivalle, typerä jopa kokin hommissa. Pahat aikeet lentelivät talossa eilen. Melkein pystyin sanoin kuvailemaan miltä auttaja haisi. Häntä kohtaan seuraavaa viriteltyä ansaani voisi selittää lauseella mielikuva ilmestyneenä päähänsä näyttävästi puulaatikosta ovelasta räjähtäen. Hienon imurin vuodelta 64 kuuloinen huuto kaikui pihalta. Jos olisin ollut tuo turvallisuus vastaava olisin lyönyt itseäni tiedätte kyllä minne. Hän oli varma että ei tarvitse peittoa tai sukkia jotka myin niille rotille mitkä olin naulannut turkeistaan apurini kryptisesti uskottuun seuraavaan ansaansa. Turvallisuus kokeilijalla oli aika paljon pokkaa polttaa oma osto-sopimuksensa juuri ostamasta talostaan minulta ottamalla lainallaan niin sanotusti. Pallo teline siitä hauskasta keilailu piirretystä kuului rymähtelevän alas rappusia ullakolta apurin niin sanotun lempi kasvin- ja siitä hänen pianonsa päälle. On kiva että he pitävät kotiaan minun kotinani mutta ketut siitä. Ei ole kovinkaan ymmärrettävää että olen vieläkin takapihalla välittämässä siitä puhelusta jonka sain heiltä jo ensimmäisenä päivänä. Kesken istuskeluni takanani koko hökkeli romahtaa alas maan sisään. Kun käännyin katsomaan kanjonia jonne hökkeli katosi ja kuinka syvä kuoppa oli, paikka alkoi täristä.

Kuopan pohjalla oli apuri ja turvallisuus vastaava vielä yksinä kappaleina. Siellä saattoi olla joku valehtelijakin heidän lisäkseen, ainakin kuulin jonkun puhetta: "Syö kakkua vapiseva pihvi, saan sinut vielä senkin penikka!" Sitten tapahtui, musta aukko tai samankaltainen ilmestyi ympyrän muotoisena ympärilleni ja imi kaikkea ympäriltään, seuraavaksi tunnuin tippuvan erittäin nopeasti; näin sinistä vilkkuvaa valoa ja kiviä. Sitten moni henkilö ilmestyi lähelleni salaman nopeasti. Viimeiseksi vauhti kiihtyi lisää kunnes painauduimme seinää päin joka oli täynnä piikikästä räjähdettä. Seinä räjähti joka sattui mahdottoman paljon mutta onneksi se ei kestänyt pitkään ehkä. Sen jälkeen löysimme itsemme tee kupin värisessä skeitti-puistosta ja olimme jotenkin jumissa siellä, haastattelemassa urheilu joukkuetta nimeltä "Kerro lisää".

Hän jota voisimme pitää vihollisena tiesi meidät "liian hyvin" kertoi että hän on ohjelman juontaja.

Ilmoitus: meidän piti lukea sähköisestä kyltistä vuorosanamme tai Jim sanoisi nimensä.

Epäonneksi näimme seuraavat liikkeet tai jotain niiden päällä. "Pysähdys oli laulava moottori-pää niin sininen että peruna on myyränkolossa jotain tulee ulos suusta" sanoi Jim yrittäen olla paljastamatta kuinka hän oli Jimmy. Vapaamies Doe seuraavan serkku tiedätte kyllä kuka; tallasi Jimbon jalalle tehden siitä levysoittimella rock musiikin soitto kilpailun".

Emme tienneet miten "Viikatemies" heitti katsomosta yhden kiven juuri siihen kohtaan tätä kummallista keskustelua jota Jim halusi pitää kuvailtuna sanaksi "Noniiiiin"

"Kaasu" käveli keskelle lavaa ilman että matki herra Vapaamies Doeta mutta heidän mukaansa hän näytteli huomisen paistuvaa Kanaanagegiä.

"Tervetulo matto pyöri Knaanageg Jimin edessä mutta siinäpä kaikki porsas on purkissa. Lato talo äänetön tuli tähän peliin minun mieheni ja olen kommentoitsija Vapaamies Doe takaisin sinulle jos valitset hyväksyä sen Jii te te tekstiin mitä se olikaan A-M silmä".

Emme tienneet miksi Jimin nimeä oli noin vaikea lausua mutta Jim
ei vastannut radio puheluun taskustaan mihin hänen päänsä koitti
kurkottaa ja jonka reunoilla viime kerran ketsupit olivat.

Vapaamies Doe sanoi vakavasti Jimille ettei hän voi
henkilökohtaisesti soittaa joten mites on Jimoo? He älysivät
molemmat laittaen puheissaan kunnolla tarinoita siitä mitä oli
lentänyt sinne maissin väriseen kainaloon mistä Jim tykkää. Tämä
tietenkin tapahtui ennen kuin he vastasivat räjähtävällä raivo
jäykkyydellä siihen mitä sähköinen kyltti kertoi heille seksuaalisen
työttömyyden pois tiputtamisesta. Jopa se oli okei koska skeittaajat
olivat keksineet uuden suunnitelman, Jim alkoi sotilaan lailla kuin
hänen makkaransa grilli kojulla jättäen sinappi tahroja sille paidalle,
eikä edes hänkään pysty uskomaan että oli seuraavana vuorossa
Mikrofoni Vapaamies Doe puhui paljastaen lisää Jimin paita kertoi
kaiken.

Mutkikasta oli että tuolit joilla istuimme alkoivat heilua kun Vappamies Jambo ja Joimflo katsoivat tyhjyyteen kuin maailman matkaajat tyhjässä meressä, että heidän silmänsä voisivat vielä tarkastella Jiistä Imssin sukupuun kuvaa.

"Rohkeus" oli myös katsomossa penkillä, kenen kuulimme selostavan mitä kalastus kuvaa pitävä rouva Oval etsivä Russel osoitti kellon tarkoilla liikkeillä paineen alla.

Sieltä hän saapuu huonolla tieto taidolla, ei ongelmaa; hattu temppu on keittymässä, toivottavasti hänellä on pitkäjänteisyyttä pelata tuo kala Jimille, Ei en näe Kimiä ei kun Jim näkee tissit tarkoitan siis kalaa tai niin Jim yrittää valita, rouva Russel on musta, miksi Jim ei näytä olevan kalassa, voi jumala mitä Russel tekee, sitä en voi edes sanoa rouvamme osoittaa kirjaimia Jimin paidassa sormellaan; ei hän tekee sen, Jimin suututtaminen ei ole kovin puhdasta, kuinka hyvä pelastus kuvalta, Vapaamies laitetaan jäihin, odotas hetki laittaisin rahani tähän seuraavaan liikkeeseen, kala on Jimin lempi ketun-nenien välissä Russel ei välitä, Jim peittää salaisesti kiinnostuksen, maali heiluu Vapaasieni tönäisee Jimmyä ulkomerille, kala on unohdettu mutta tuo kätevä törkyliike vie vielä pitkälle, tissi on matkalla poikamme korjaa se on kiihottavaa tiedän Jim ja sinun silmäsi haluat enemmän kuin mitä kuva antaa ymmärtää mutta silti hyvää jalkapeliä, Jimin ja Russelin katseet kohtaavat, Täyttä turmiota katsomo on psykologisessa ääni painajaisessa; kaikki kuulevat miten Jim korjailee Vapaamiehen lauseita hitaasti mutta se on täyttä vihaa jos me keskitymme valokuvaan Jiillä on liian pitkä nenä ja haiseva silmä voidaan kuvitella Vapaamiehen kielen ja Russelin tissien väliin, se on maali viimeinen kenttä odottaa mutta kukaan ei ole viaton täällä jopa kala on oikea tai niin Jimi tykkää sen olevan.

"Rohkeus" lopetti uutisoinnin nauruun "Huhhuhhuhahahahhaaahaahaa" ja yhtäkkiä tajusimme että kuulimme sekä näimme kuinka Jim varasti ohjelman.

Kappale 27 Esityksen lopettaja

Jim alkoi osoitella suuntaamme ja huusi "Mi mi mi minulla on Mausteita sinun on paras juosta nimeni on Jii ämmm". Kiitos Vapaamies Doelle että paikan valaistus meni rikki niin että valot alkoivat välkkyä nopeaan tahtiin muutaman minuutin ajan kunnes Jim joka oli lähestynyt meitä aiemmin huutaen ja hiipimällä astuen -> oli ilmestynyt nyt toiselle puolelle vanhaa skeitti puistoa joka oli muuntunut futuristiseksi DJ kilpailuksi -> Jingonjon vastaan Vapariojar, kaikki me huomasimme ainoastaan neon valo kyltin jossa luki "-OOOOONNN J_U_H_L_A AIKA!?!?-" kyltti oli DJ tiskien yläpuolella. Noiden kahden DJ:n yhteinen musiikki kuulosti uskomattoman hyvältä mutta aloimme upota lattiaan kuin se olisi ollut vihreää lima suo juoksuhiekkaa. Jimo ja Vaparebo tiputtivat basson ja se oli jotain ennenkuulumatonta, musiikki oli kuin olisi nähnyt äänen ja tuntenut värit. Sitten voimakas "Bäng" kuului kadottaen kaiken ja nopeutti todellisuuden mukana meidät negatiiviseen tilaan, vauhti tuntui siltä kuin minulla ei olisi ollut ihoa, lihaa eikä luitakaan.

Kappale 28 Alle ja yli kaukaisuuden

Tämä negatiivinen tila jossa olimme oli polttanut meidät eri tasoisiksi elementeiksi, muodoiksi jollaisia meillä ei aiemmin ollut. Elementaaliset muotomme alkoivat luoda kitkaa keskuudessamme ja me ainoastaan pystyimme todistamaan luomisen hetken, ilman syytä olimme täysin HULLUJA toisiamme kohtaan ja vaikka emme pystyneet liikkumaan aloimme tuhoamaan toisiamme; tähdäten saadaksemme jokainen todellisuuden omistajan tittelin itsellemme. Taistelimme ja tappelimme kaikella tahdon voimillamme kuin terävillä sapeleilla. Sitten virhe sattui negatiivisessa jäätyneen ajan todellisuudessa, Vapaamies Doe ja Jim olivat myös imeytyneet samaan todellisuuteen. Mutta vain nuo kaksi pystyivät liikkumaan, he loivat oven tyhjästä samalla kuin veivät minut ilman syytä kuin vahingossa mukanaan ja sulkivat kaikki muut jäätyneinä negatiiviseen todellisuuteen. Tiimi hän ja Jim ajattelivat että saivat aikaan juuri sen mitä suunnittelivat eivätkä nähneet minua ollenkaan. Kohta siellä kahden typeryksen päämajassa kuului katolta kahdet jalan tömistykset jotka hälyttivät ne kaksi idioottia huutamaan "Nalle!" "Kuolema!" ja samalla "Nalle" ja "Kuolema" hyppäsivät katon läpi hölmön kaksikon päämajaan huutaen "T-Ä-Ä-L-Ä!!" kaksi hölmöä sanoivat että heidän jalkansa ovat poikki vaikka ei ollut todisteita eivätkä he edes huutaneet kivuista. Olin nurkassa ja sanoin "Heippa" mihin "Kuolema" vastasi "On ilo tavata sinut, en ole ikinä tavannut noin iloista ja kivan oloista henkilöä, voinko kutsua sinua "Iloksi"? ja anteeksi etten esitellyt meitä; hän on "Nalle" ja minä "Kuolema".

Me keskustelimme hetken kun olimme saaneet Jimbon ja Vaparin sidottua.

Kappale 29 Kaikki mukaan.

Pojat kertoivat kaiken kun olimme hetken tökkineet heitä päihin porkkanoilla. "Nalle" painoi muutamia nappeja ja "Kuolema" rikkoi oven lukon jotta pystyin avaamaan ovet kokonaan ja sulattaa negatiivisen tilan. Kaikki pelastuivat ja sopivat riitaisuutensa, aloimme matkata kohti Aito-dellisuutta toisin sanoen kohti Myyttisyyttä. Jim ja Vapaamies Doe olivat pahoillaan meille kaikille kun menivät takaisin luolaansa rouva Russelin seuraksi. Mutta sinnepäin mennessä alkoivat nuo hölmöt suunnittelemaan juonta kovaan ääneen, peliä meitä vastaan ja halusivat voittaa meidät jossain sanallisessa mieli pelissä. Rouva Russel liittyi mukaan juonitteluun mutta jopa "Pelko" näki heti että he yrittävät voittaa huijaamalla. Vapaamies huusi: "Maailma tarvitsee Jimiä joten me tuomme hänet!" mihin "Rohkeus" huikkasi "Jopa Russel tietää ettei hän ole mukana ja minä en edes katso takaisin menneisyyteen" minkä Jim ymmärsi niin että sanat "Takaisin" ja "Mukana" ovat loukkauksia joihin Jimin aivokapasiteetti ei riitä.

Seuraavaksi Vapaamies Doe paljasti historiallisen faktan; kerran hänellä oli sähköllä toimiva porakone jonka käyttöön hänellä ei ollut taitoja, vahingossa hän repäisi puolet hiuksistaan yrittäessään sekoittaa porakoneella kulhollista koiran kakkaa Jimin lompakon kanssa Joulu aattona vuonna 1993. Jim ei voinut pitää omaa ärsyyntymistään kurissa siitä että lompakko haisi edelleen ja nyt kaikkien piti haistella se läpi kotaisin jokainen vuorollaan. Jim vaati sitä että kaikki päättäisivät haisiko Vapaamies Dou ja lompakko pahemmalle kuin Jimin housut. Tekosyy housujen haisemiseen oli että ne eivät hajuineen ole "Inhon" päällä.

ME emme pitäneet kummankaan hajuista, päätimme että kilpailu oli tasapeli, johon Jim suuttui vähän: "Sinä Gepardi köyhä viidakko mumina olen voittaja silti, ettekö muista minua; olen sielun leikkaaja ja peili maailmasta P niin kuin "Petos" sanoi Jim repien paitansa jossa luki JIM, paidan alla oli t-paita jossa luki kirjain P painettuna siihen. Nyt se oli selvää myös Vapaamies Doelle, Jimille ja rouva Russellille että tiesimme heidät. He olivat "Valta", "Petos" ja "Ahneus".

Osa 6 Purppura pirtelö
Vitsailen tai en..

Pari tuntia aiemmin...

Kappale 30 Usko vain

"Et voi olla tosissasi!" sanoi "Kuolema" mihin minä lisäsin "Olen aika varma". Olimme tulleet hengenvaaralliselle sirkukselle Carnomobiliksessa. Tämä ei ollut minun koti maailmani mutta "Kuolemalle" tämä oli helppoa käsittää kuin syntymäpäivä kakku pöydällä. Hän ei uskonut minua heti koska sanoin sen liian suoraan. "Mehän menemme takaisin sinun maailmaasi jonka jälkeen minun koti maailmaani niin pian kuin voimme". Tässä hullunkurisessa sirkuksessa meidän pitää löytää aika hyppääjä että voimme mennä niin paljon taaksepäin kunnes löydämme tarpeeksi leveän repeämän todellisuudessa mistä mahdumme kulkemaan

"Kuoleman" maille. Minun piti ensimmäisenä voittaa kamppailussa yksi friikki sirkuksen pelleistä, nyrkkien avulla ja "Kuolema" haastettiin hauskuus kilpailuun. Minä läppäisin ensimmäistä akrobaatti friikkiä otsaan ja puolessa sekunnissa tönäisin hänen leukaansa yläkoukun tavoin lyöden hänen mahaansa vasemmalla kädellä. Sillä aikaa "Kuolema" vain tuijotti niinpä pellemäiset sirkus friikit totesivat "Kuoleman" hauskimmaksi ja nimesivät hänet Tyhjä-sisukseksi eivätkä voineet lopettaa nauramista koska se oli hauskinta ikinä.

Minulla oli vain yksi vastus jäljellä ja se oli jonglööraaja friikki, hän löi minua ja minä reagoin sekä adaptoiduin siihen miten friikki tappeli sekä siihen mitä liikkeitä hän käytti. Läpsäys siellä täällä sekoitti friikin tunto aistin joten pystyin tainnuttamaan hänet liikkumattomaksi maahan milloin vain ja nyt oli sen vuoro, löin kämmenellä kevyesti hänen poskeensa ja jatkoin terävällä koukulla halvaannuttaen hänet hetkeksi. Nyt oli Hengenvaarallisen sirkuksen johtajan vuoro, kysyimme häneltä tietääkö hän oudosta laitteesta jossa on numeroita ympäriinsä. Johtaja Timont Quarto vastasi: "Takapihalla on tunneli, menkää sitä pitkin laitteelle". Me epäilimme hiukan mutta päätimme tarttua mahdollisuuteen että löydämme laitteen tunnelista.

Kappale 31 Ookoo!?

Menimme takapihalle ja näimme tunnelin, menimme sinne ja aloimme kävellä syvemmälle toista päätyä kohti, tunneli oli pitkä mutta se ei haitannut olimme tottuneet kävelemään pimeydessä. Kun pääsimme ensimmäiseen kurviin edessä eikä takana ollut valoa.

Yhtäkkiä molemmista suunnista alkoi kantautua ääniä jotka muistuttivat Kuoleman konetta tai sähköistä giljotiinia. Me kiirehdimme etsimään nappia seiniltä ja lattialta. Onnistuimme painamaan kahta kiveä yhtaikaa ja kohta missä olimme tunnelissa alkoi sortua lattiasta altamme, tipuimme noin 150 metriä alas sitten se tapahtui. Aika hyppääjä käynnisti itsensä ja olimme sen päällä. "Kuolema" sanoi "Mitä helvettiä tuo oli?" Minä vastasin "Kirottu sirkus kokeili onneamme" Me säädimme laitteen niin että hyppäisimme taaksepäin kunnes löytäisimme repeämän todellisuudessa joka johtaisi "Kuoleman" maailmaan jonka nimi on Epätäydellisyys.

Aika hyppääjä kiihdytti ja pyöri kunnes aloimme nähdä repeämiä ja aukkoja, me hidastimme vauhtia ja hyppäsimme laitteesta tyhjyyden kohtaan aika-avaruudessa. Repeämä meni kiinni takanamme.

Kappale 32 Ylikatsottu

Tipuimme muutaman metrin jollekin kasville joka yritti syödä meidät kun me pakenimme tilannetta. Ilmapiiri oli ruusunpunainen ripauksella keltaista, ilma tuoksui karkkikaupalle, puut liikkuivat sinisen tuulen mukaan ja ympäristössä oli kauniita alastomia patsaita naisista. Yksi patsas alkoi täristä, halkesi ja meni kokonaan rikki. Patsaan sisältä paljastui nainen joka oli pukeutunut ja selitti meille jotain paikasta:

" täällä .. ihmiset ovat... Kivettyneitä ja nöyryytettyjä... Koska me tiedämme... Että muita maailmoja on olemassa... Kituuttajat ovat läheisessä kylässä..."

Hänen nimensä oli "Kauneus". Hän sanoi että emme voi auttaa tai rikkoa patsaita, ne romahtavat omia aikojaan. "Etenemmekö Sokea Ruusu nimiseen toivon kylään? sanoi "Kauneus". "Kuolema" ja minä suostuimme siihen.. "Kuolema" oli tavannut täällä aiemmin "Kauneuden" mutta ei muistanut sen enempää.

Sokean Ruusun kylään kävely kesti kolme tuntia. Onneksi "Kauneudella" oli musikaalisuus putki mukanaan ja minä halusin soittaa jotta matkan taitto ei olisi ainakaan tylsää.

"chuuka dugidu diiduuu chuuka dagedu deeduu digari digari diiduu..."

-Meni melodia-

Kylään tullessa näimme paljon oudon näköisiä patsaita, pensaita ja puita. Ihmiset olivat joko ihan hiljaa tai juttelivat itsekseen. "Outo paikka tämä Epätäydellisyys on" sanoin ja "Kuolema" kommentoi "Pääset jyvälle kunhan hengailet täällä hetkiä"

Hetkiä myöhemmin olimme Sokean Ruusun kylän keskiössä. Kadut olivat todella äänekkäitä jollaiseen emme olleet tottuneet tässä todellisuudessa.

Yhtäkkiä kaikki ääni hävisi, ymmärryksemme oli nyt päässyt tasolle jota kutsun totuudeksi. Rakkaus on sokeaa täällä tai siltä näytti. Tosi oudon näköisiä pareja oli kaduilla kahviloiden pihoissa pöytien ääressä juttelemassa, suutelemassa ja muuten vain romanttisesti oleilemassa intensiivisesti. Tämänlainen outous oli outoa emmekä olleet nähneet vastaavaa, se oli niin outoa, siitä pystyi päättelemään vain että jotain on vialla. Koska ihmiset olivat niin kuin myrkyttyneitä ja tuollainen "rakkaus" on elämää tuhoavaa, olla koukussa toinen toiseensa ja elää vain rakastamisen vuoksi.

Ajattelin että näitä ihmisiä pitää auttaa ja herättää nämä henkilöt tästä huijaus taivaasta takaisin todellisuuteen.

Niinpä ollen me kysyimme joiltain henkilöiltä heidän suhteestaan ja rupesimme kuvittelemaan suunnitelmaa. Jotkut sanoivat että heillä on jotain yhteisiä kiinnostuksen kohteita ja he käyvät rakkauden vaihtokauppaa, tekoja ja tapoja. Jotkut muut sanoivat että he tehostavat seksuaalisia asioita kuten seksuaalista energiaa olemalla koukussa toiseen osapuoleen suhteessaan.

Olimme sanattomia; tuo kuulosti, näytti ja tuntui siltä kuin ihmiset olisi myrkytetty henkiseen vankilaan. Ketä he ovat pitäneet jumalana tai rooli mallina on meille epätiedossa mutta aiomme korjata tämän sotkun, siitä olen varma.

Nyt hommana on antaa näille ihmisille parannus keino uudenlainen ideologia kuinka olla onnellinen. Mitä jos heidän rakkautensa pitäisi muuntaa intohimoksi sitä kohtaan mitä oikeasti haluaa kukakin tehdä. Koska tuollainen huumaava suhde jota nämä ihmiset ovat käyttäneet on vain oikoreitti teko-onnellisuuteen mikä ei aidosti tunnu miltään.

"Joten kaikki kuunnelkaa, teidät on huijattu tykkäämään jostain mistä ette pidä sekä huijattu olemaan kiinnostuneita niistä kenestä olette omasta mielestänne tykkääviä, voimme todistaa kaiken". Keskeltä ihmisiä "Kuolema" huusi.

"Tykkäättekö edes juoda kahvia? Haluatteko tehdä sitä loppu elämänne mitä olette tehnee viime viikon? Haluatteko olla aidosti onnellisia? Mitä uskotte? ja miksi teidän pitää uskoa sitä? Jos voitte vastata näihin kysymyksiin olen valmis kertomaan teille mitä on meneillään oikeasti". Hän jatkoi.

Yleisömme oli kiinnostunut näkökulmastamme ja halusi tietää lisää. Olimme iloisia kertomaan tietoisuudestamme.

"Mikä tahansa mikä voidaan jossain tapauksessa uskoa on valhe eikä mikään muu kuin enintään taideteos". sanoin mihin "Kuolema" lisäsi: "Aidot intressit ja todellisesti muut kiinnostavat asiat ovat uskomattomia mitkä löytyvät seikkailemalla ja haasteiden kautta, ei ole helppoa tietä kulkea mutta ei myöskään tarvetta sille".

Ihmiset alkoivat ymmärtää osoittamaamme totuutta mutta halusivat ottaa seikkailunsa tosissaan ja jotkut sanoivat että heille oltiin selitelty joidenkin asioiden olevan tärkeitä mitkä eivät oikeastaan ole mutta ne piti uskoa sellaisiksi. Uskomus järjestelmä oli nyt asetettu uudeksi ja kaikille Sokean Ruusun väelle nyt vain aidot asiat olivat tärkeitä.

Paikka alkoi täristä...

Äkkiä katosin ja muutaman hetken luulin jo kuolleeni, ympäristöni muuntui ja ilmestyin takaisin "Huonojen" maailmaan samaan kohtaan jossa seikkailuni alkoi. Ainut asia joka järsi mieltäni oli että nyt tällä kertaa jokin asia pitää tehdä toisin...

Osa 7 Merkityksellistä

Kappale 33 Taas takaisin täällä

Olipa kerran ennen kuin kaikki meni pimeäksi ja kierteelle olin monimutkaisen seikkailun edessä niin kuin muistan sen, nyt oli tarpeen vain tehdä toisenlaisia valintoja jotta kaikki olisi kuten kuuluisi olla. No ainakin minulla on kokemus lähitulevaisuudestani, miten asiat voisivat mennä ja varmuus siitä mitä minun ei pidä tehdä; siis samoin kuin viime kerralla. Mutta siitä en ole varma mikä aikaa ja tilaa muuttava vaihtoehtoinen valinta minun piti tehdä toisin nyt.

Aloin kävellä kohti Mustaa linnaketta, ilman ulkonäkö oli erilainen kuin viimeksi; nyt ilman sävy oli lehti vihreän värinen ja jotkut puiden lehdet lentelivät tuulessa, tunnelma oli aavemainen ja tummanlainen. Kaikki oli kuin vuonna 1995 olevassa todellisuudessa jossa vierailimme "Huonojen" kanssa.

Hetken kävellen tulin rakennuksen oven rappusille Mustan linnakkeen eteen, rakennus oli muuttunut yksityiskohtaisempaan ulkonäköön painona paha enteisyys, hektinen melkein. Joitain symboleja oli seinillä ja ovien yläpuolella. Menin sisään, naurua ja outoja ääniä kuului talon syvyyksistä. Kun kävelin kohti niitä seinät alkoivat kaatua päälleni käytävälle, hyppäsin yhteen huoneeseen vieressäni ja ovi meni takanani kiinni. Sitten kaikki meni hiljaiseksi, en ollut yksin huoneessa.

"Hei, kuinka voit?" Ystävälliseen ääneen joku lausui. Änkytin "Hei... Olen kunnossa kiitos mutta käytävä ei taida olla, en tiedä mitä tapahtui". Äänen omistaja kysyi toisen kysymyksen "Haluatko pelata peliä?" Mihin vastasin "No kyllä se käy" . Sitten henkilö astui varjosta valoon samaan aikaan sanoen "Olen "Rohkeus" pelataan peliä nimeltä Spiritualismi, pelimestarit ovat toisella puolen taloa nauramassa ja suunnittelemassa pelin sääntöjä ynnä muuta. Meidän pitää osallistua yhdessä tai peli ei voi toimia". Tiesin että henkilö oli tuttavallinen mutta: "Tiedän sinut mutta sillä ei ole väliä tunnetko sinä minut. Olen Nalle" siihen hän sanoi "Olen varma että tulemme toimeen keskenämme ja niin kuin sinä sanoit ei sillä väliä". ja hän vinkkasi oikeaa silmäänsä.

"Rohkeus" selitti pelin asioista ja mitä oli luvassa.

Hän sanoi että ensiksi meidät pitää taikoa sisälle peliin ja kun olemme siellä meidän pitää kohdata paholainen kasvotusten, sen jälkeen peli alkaa kysymyksillä ja jollain este radalla jossa voimme niin sanotusti kuolla tai ainakin tuhoutua olemattomiin. Olin innokas tietämään lisää kuinka voisimme selvitä kokemuksesta ehjin nahoin ja mikä palkinto odottaisi pelin läpäisystä. "Rohkeus" sanoi ettei halua pilata kertomalla loppuratkaisua, mutta ei hätää hän kertoo vain sen mikä on tarpeen; "Me voimme olla voitokkaita onnella puolellamme, usko minua minulla on salaisuus jota paholainenkaan ei osaa arvata."

Kuinka salaisuus liittyi mihinkään ei ollut tiedossa eikä minulla ollut halua tietää sitä tai edes kysyä siitä. "Okei, olen mukana pelin pelaamisessa, kuulostaa tärkeältä osallistua". sanoin ja mihin "Rohkeus" lisäsi:

"Se on simppeliä, ole vain varovainen pelin pahankaltaiset henget tietävät ajatuksesi ja ovat häijyjä"

Vaihdoimme huonetta sinne missä olivat peli mestarit, henki-taikomispallo ja peli pöytä.

"No hitto moro ja tervetuloa peli kulmaamme Mätään linnakkeeseen, kilpailijamme herra "Rohkeus" ja "Kuka samperi oletkaan" ovat valmiita taiottavaksi spiritismin katakombeihin."

Sinä hetkellä minulla oli vain yksi ajatus mielessäni ja jonka sanoin ääneen "Ja niin se alkaa.."

"Rohkeus" kuiskasi: "..niin kuin se loppuu"

Sekunteja myöhemmin peli mestarit aloittivat taikomaan meitä spiritismiin, salamat kipinöivät ja neon valoja lensi seinille, aloimme leijua kohti taika palloa samalla se imi meitä johonkin toisenlaiseen ulottuvuuteen, se tuntui lämpimämmälle paikalle kuin linnake, siellä ei ollut liekkejä eikä kituvia ihmisiä kärsimässä synneistään tai muista pahoista teoistaan, vain suurehko lähes tyhjä huone jonka valtaistuimella istui joku toisella seinustalla.

"Haluatte kysyä jotain, älkääkä antako mitään typerää niin kuin milloin kuolen shaibaa" valtaistuimella oleva sanoi, "Rohkeus" kysyi ensin "Mihin loppuu syksy, ja mikä alkaa seuraavaksi?"

Paholainen sanoi "Mitä hemmettiä oikein sanot.. Se loppuu? Syyskuu alkaa nyt eikä ikinä lopu".

Seuraavaksi minä kysyin "Jos niin se on mikäs vuosi nyt on ja minne me kuulumme?"

Paholainen oli mielissään ja vastasi: "On niin kuin tiedätte 1995 ja aina tästä eteenpäin ja sinne kuulumme, olen Tom "Paholainen" niin kuin jotkut minua nimittävät, voimmeko olla ystäviä? ja anteeksi kun en kysynyt aiemmin sinulta "Rohkeus", odotin että sinä kysyt ensin minulta".

Me molemmat sanoimme hänelle "Kyllä voimme!"

"Rohkeuden" salaisuus oli että hän halusi olla paholaisen kaveri.

Kappale 34 Mikä säkä

Nyt meidän piti lähteä typerästä pelistä pois todellisuuteen nimeltä "Sinne".

Sitten oli se esterata ja "Pahiksella" oli idea "Mitä jos me häviämme pelissä?"

"Rohkeus" sanoi "Me voimme tehdä sen melkein, voimme taistella henkemme edestä ja tuhota viholliset kunnes olemme ulkona pelistä, paholainen puolellamme se voi onnistua, aiemmin minä selvisin mutta toinen pelaaja ei joka oli yksi peli mestareista. Kaikkien pelaajien pitää selvitä tai peli joudutaan aloittamaan alusta ja voi ainoastaan alkaa jos pelaajia on kaksi".

Jotenkin peli mestarit olivat "Huonojen" tilalla tässä versiossa aikaa.

Pelissä pystyi kuvittelemaan mitä vain ja sen sai toteen. Kohta törmäsimme viholliseen. Vihollinen huusi lähes heti: "Heitä noppaa!" "Miksi?" minä kysyin, "Rohkeus" sanoi: "Näyttää tältä peliltä taas, heitä vain niin kuin jumipää huusi". "Paholainen" heitti kuvitteellisella nopalla numeron neljä.

"Nyt jos minulla on kaksi taulua, kumpi on parempi; se missä on nuoli päässänne vai toinen missä on suuri kirves selkäni takana?" sanoi vihollinen jonka jälkeen hän heitti painavan oloisella nopalla numeron kuusi.

Me tunnuimme saaneemme voimakasta myrkkyä päällemme joka sattui. Vastasimme kysymykseen "Toinen , koska se on meille itsestään selvää; on parempi olla kuva jossa ei ole joitain sattumanvaraisia vieraita ketä kukaan ei edes tunne kuolleena seinällä".

Nyt "Rohkeus" heitti numeron kaksi ja sanoi "Kuka maalasi maalauksen ja ovatko ne sinun?"

Vihollinen vastasi "Yksi ja ainut peli mestari Dipsywiz maalasi ne ja ne kuuluvat Lauren nimiselle voittamattomalle soturille kuka on päihittämätön tässä pelissä, maalaukset eivät ole tyhmiä." Vihollinen katsoi meitä pitkällä naamalla ja silmät ristissä.

Nyt oli meidän mahdollisuutemme edetä ja tehdä liike, "Rohkeus" heitti lelu moottori sahan leijumaan ilmaan vihollisen takana, "Paholainen" ampui käsillään keilapallon kohti vihollisen jalkoja ja minä kuvittelin ettei vihollisen alla ollut lattiaa. Vihollinen tipahti ja kokeili kaiken näköistä matkalla alaspäin kuka ties minne keilapallon ja lelu moottorisahan kyydittämänä huutaen "Tulette vielä katumaan, suuresti, olen Lauren tämän jumalan unohtaman pelin jumala!" "RUNDUdudududu...." moottori sahan ääni kaikui hiipuen pimeyteen.

Sitten "Rohkeus" onnistui kuvittelemaan seinän leikkaaja laitteen ja leikkasimme sillä huoneen takaseinän auki. Seuraavaksi huone täyttyi vaarallisen näköisistä teristä jotka liikkuivat satunnaisien kaavojen mukaan. "Paholainen" avasi äkkiä reppunsa ja tyhjensi outoa liejua sisältävän lasipullon lattialle. Paikka muuttui heti kanjoni pohjaiseksi vapaa pudotukseksi joka oli ainakin 100 metriä syvä. Kanjonin pohjaa ei näkynyt, se oli sumuinen tiputus tuntemattomaan. Me kuvittelimme jätti lepakot ottamaan meidät kiinni ja lensimme niiden avulla läheiselle kalliolle jonne pystyi laskeutumaan. Samantien kun laskeuduimme näytimme katoavamme ilmaan. Onnemme oli juuri loppunut.

Heräsimme kolmikerroksisessa kerrossängyssä puisen talon sisällä, tuoksui kanelille ja lakritsille. Kaikki me kävelimme ulos ja olimme sattumalta taianomaisen näköisessä haltija kylässä keskellä suurta metsää.

Haltioiden näköiset ihmiset puhuivat jotain kieltä jota emme olleet ennen kuulleet. Me ymmärsimme jotenkin sitä mutta se kuulosti tosi oudolta, niin kuin:

">>>Skendelandu luksha essenthar doremifas uvunthalera zetrax ifthi leda<<<"

Huomaamalla kehon liikkeet ja pienet kasvon ilmeet sekä piirteet kuten myös äänelliset viestit oli selvää että tuo lause tarkoitti "Mistä hitosta te olette tulleet ja voin arvata että musiikillinen tietoisuutesi on jotain uutta.."

Muutama hetki myöhemmin, me onnistuimme löytämään Lauren nimisen soturin; meidän ensimmäinen vihollinen pelissä oli nyt tämän hetkisen paikan PAHAMAINEINEN TYRANNI jota piti ylistää ja totella, tai hän tekisi pahoja noitumisia niille jotka eivät tee kuten hän haluaa.

Lauren oli ollut kiireinen kuvitellessaan meille tukalia paikkoja. Tuntuikin liian helpolta kun tiputimme hänet aiemmin jonnekin, joten tämä tilanne ei ollut yllättävä.

Kysyimme haltijoilta tietävätkö he keilapallon ja lelu moottorisahan. He sanoivat että se oli myytti, legenda ikuisuuden pyörivästä ukkosesta; muinaisesta Rundudu- nimisestä aina liikkeellä olevasta kivi järkäleestä joka jylisi läpi maiden ja mantujen alapuolellamme näin luoden metsät ja nykyään se on Laurenin lemmikki ULTRA ZIG ZAG linnoituksessa.

Kukaan ei ole sallittua sahaamaan puita, vain kirveitä saa käyttää.

Heillä oli säännöt elämiseen joissa luki - Ei koneita...

Taianomainen kuin paikka olikin me loimme juonen tyrannia kohti nimeltään Lauren, meillä oli voima juomia joita haltijat antoivat meille joilla voisi sulattaa ovien lukkoja ULTRA ZIG ZAG linnoituksessa ja aseita tehtynä kepeistä. Haltijat kuvittelivat meille keppejä jotka muuttuivat puhuviksi metalli miekoiksi: "Miek rows miek rows!" ne sanoivat. Kuvittelimme pensaat haarniskoiksi jotka on sulaa laavaa mikä ei kuitenkaan satuttanut sitä kenen päällä se oli. Kylän pappi antoi meille siunauksen joka oli voimakas kirouksen vastainen rukous.

Ensiksi meidän piti olla varmoja että missä Lauren oli linnoituksen sisälle päästyämme. Toiseksi meidän piti kuvitella jotain enemmän kuin mitä voisimme ajatella huijataksemme Laurenia ja että olisimme yhtä voimakkaita kuin hän taistelussa joka oli edessämme. Tehdäksemme sen meidän piti vapauttaa alitajuntamme kuvittelukykymme kanssa.

"Rohkeus" ajatteli ja sanoi: "Mitä jos se on niin että meidän pitää vain luottaa itseemme täysin ja se mikä tulee ensimmäiseksi mieleen on alitajuinen seuraava toiminta joka pitää tehdä?"

"Paholainen" sanoi: "Todellakin niin minustakin".

Minulla oli extra idea: "Hyvin ajateltu, se on just noin mutta voidaan mennä vielä syvemmälle lisäksi; ettei tuon jälkeinen edes tule mieleen niin että ennakoimme omia ajatuksiamme mitä jos tiedämme etukäteen sen mitä emme vielä tiedä?"

Mihin "Paholainen" huikkasi "Mahtavaa, tuo voisi toimia".

Nyt meidän piti kuvitella itsemme linnoituksen ulko-ovelle koska emme voineet tehdä asioista liian helppoa muuten kaikki ei onnistuisi sopivasti. "Rohkeus" kuvitteli aurinkolasit joilla voi vaihtaa paikkaa toiseen silmän räpäyksessä.

"-Bling-"

Olimme linnoituksen oven edessä. Me sulatimme lukon ja aloimme avata ensimmäistä ovea, joitakin käärmeitä tuli sulaneesta lukosta mutta nopealla toiminnalla "Paholainen" potkaisi ne läheiseen puuhun. Kun suuret ulko-ovet oli aukaistu työntämällä ja vetämällä sisäpuolella leijaili ilmassa jotain karmean ja hedelmän hajua. Linnakkeen sisus näytti samalta kuin pahoissa unissani, vain jättiläinen puuttui verrattuna painajaisiini. Paikka oli valtava.

Ihmeeksemme kun olimme kävelleet jättiläismäistä käytävää pitkin jotkut henkilöt juoksivat meitä päin käytävän loppupäästä, ensiksi emme nähneet tarkkaan koska ilma oli täynnä eri väristä savua, mutta kun ne tulivat lähemmäs "Rohkeus" ja minä tunnistimme että ne olivat "Viisaus", "Pelko", "Kuolema" ja "Ilo". He olivat juuri nauttineet yhdessä ajasta eräässä kahvilassa vieraillen eilen kunnes joku voima oli liikuttanut heidät sieltä tänne linnoitukseen.

"Viisaus" sanoi "Me olemme tavanneet Laurenin ja hän haluaa että tekisimme joillekin "Mitäs tiedät" tyypeille pahaa, hänen maailmastaan ja saisimme paljon rahaa jos onnistuisimme salamurhaamaan heidät" Lauren oli kuvaillut "Viisaudelle" ja muille kohteet. Lauren oli tarkoittanut "Rohkeutta", "Paholaista" ja minua.

"Pelko" selitti että he olivat etsineet meitä monesta eri ajasta, ulottuvuudesta ja paikoista. He olivat matkanneet noin kymmenen tuhatta vuotta viidessä päivässä. Me kättelimme ja halasimme, jaoimme suunnitelmamme heille ja he liittyivät seuraamme. Lauren saattaa aavistaa mitä meinaamme ja mitä tapahtuu mutta emme stressanneet sitä. "Tervetuloa päihimme!" me huusimme ravistaaksemme henkiämme taistelua varten.

Maa alkoi täristä, "Uskon että meidät on kuultu" sanoi "Ilo" ja hän oli oikeassa.

Lauren nauroi voimakkaasti läheisessä huoneessa. Me aloimme kuvittelemaan ja toimimaan alitajuntamme tietoisuudella sekä liikkeillä. Sitten suunnalta josta nauru kaikui alkoi juosta velhoja jotka näyttivät Laurenin kopioilta, niillä oli erilaisia aseita kiinni käsissään ja panos vyöt vyötäröillään. He ampuivat monta kertaa, hyppäsivät ja jähmettyivät ilmaan. "Osuiko kehenkään?" Kysyi "Kuolema". Kukaan ei saanut luotia itseensä ja sanoimme "Ei".

Miksi ne maagit jäätyivät kukaan ei tiennyt, mutta kun koskimme jäätyneisiin tyyppeihin ne romahtivat rikkinäisiksi maahan ja alkoivat erittää jotain outoa sumua mikä haisi tosi pahalta. Sitten pieni tiilen pala tippui katosta ja joku henkilö hyppäsi alas yläpuoleltamme, se oli "Inho" ja hän sanoi: "Hei, hei. Miten menee porukka? Näköjään olette löytäneet jonkun uuden ystävän, "Paholaisen" Kiva tavata".

Kuulumisten vaihdon jälkeen menimme kohti Laurenin huonetta, nauru oli loppunut mutta olimme varmoja että Lauren oli lähellä. Seuraavan huoneen koristeet seinillä näyttivät samoilta kuin mitä oli Mädässä Linnoituksessa ja nurkissa oli laventelin hajuisia kynttilöitä peittämässä muita linnoituksen hajuja. "Kuolema" sanoi "Meidän pitää toimia nyt, kaikki kuvitelkaa että elämä on vain unta, kuvitelkaa että voimme mennä ajassa taaksepäin todelliseen todellisuuteen." Sitten Lauren ilmestyi oviaukkoon kumiankan ja kylpytakin kanssa, hän sanoi "anteeksi kaikesta olin suihkussa enkä kuullut teitä, no nyt pelataan" sitten hän muuttui norsun kokoiseksi hamsteriksi jonka selässä oli prinsessa ja koko rakennus romahti kuin se olisi ollut rekvisiittaa tehtynä pahvista. Emme enää voineet kuvitella asioita koska peli oli ohi.

Prinsessa sanoi "Seuratkaa minua jos haluatte tietää totuuden asioista ja mennä kotiin". Niin me teimme. Nyt meillä oli seurassamme kahdeksan ainakin prinsessan lisäksi. Aseita turvallisuudeksi ja muutama pullo lukkoja sulattavaa liejua jos oli tarve sulatella.

Kappale 36 Mikä on väärä tie.

Mitä pidemmälle menimme seuraten prinsessaa sitä omituisemmaksi ympäristö muuttui. Tunnin kävelyn jälkeen tulimme aikaan jossa olimme olleet aiemmin mutta tällä kertaa asiat olivat toisin, kaikki näytti todellisemmalta kuin ennen. TÄMÄN HETKEN TAIKAA OLI NYT TODELLA ILMASSA.

"Olemme kotona ja tällä kertaa oikeasti, me olemme täällä" "Rohkeus" hurrasi, olimme samalla kadulla minkä varrella talomme oli sypressikuja 347. Nyt vain kävi niin että upposimme katuun ja tipahdimme pari metriä alaspäin salaiseen piilotettuun bunkkeriin. "miksi me nyt täällä olemme?" "Pelko" kysyi mihin "Rohkeus" vastasi "tämä on turvakammio jos jotain menee vääräksi todellisuudessa" Nyt asiat olivat niin, joku ilmestys oli hyökännyt naapurustoon ja todellisuus itse kysyi nyt apuamme selvittämään asian. Prinsessa oli muuntunut naiseksi jota emme olleet tavanneet ikinä. Hän esittäytyi "Nimeni on "Sade". Me aina olimme ikävöineet sadetta kun oli kuivaa ja tykänneet kun oli satanut taivaalta. Nyt tiesimme että ehkä kaikilla on paikkansa jopa lumi voi olla kadoksissa oleva kaveri joka meillä on tässä todellisuudessa. Toivon että löydämme kaikki ennen kuin tapahtuu jotain pahaa.

Me tajusimme että on meidän vastuullamme löytää kadonneet ystävämme, sillä tavoin teemme osuutemme todellisuuden korjaamisessa.

Taivas on ikuisuus, syyskuu ei lopu ikinä, sade tanssii ilon kanssa, todellisuudella on meidät, me voimme selvittää tämän sotkun.

"Fobia, "Totuus", "Fredrik", "Jonathan", "Mikhael", "Nautinto", "Sandra", "Kateus", "Kaasu", "Viikatemies", "Väkivalta", "Pahat" ja "Huonot" olivat kadoksissa joukostamme joka meillä viimeksi oli. Jos me emme löydä heitä he löytävät meidät, siitä olen varma ja tiedän sen sydämessäni.

Me jakaannuimme kahteen joukkoon, "Sade", "Viisaus", "Pelko" ja "Paholainen" ensimmäiseen. Minä, "Kuolema", "Rohkeus" ja "Ilo" toiseen. Meidän joukkue meni keskelle kaupunkia kysymään joiltain ihmisiltä ketä he pitävät pahoina ja missä väkivaltaisuus tapahtuu kaupungilla. "Pelon" joukkue meni maanalaiselle Hämärä torille etsimään vihjeitä "Fobiasta" ja "Totuudesta". Mitä maanalaiset ihmiset pelkäävät ja mistä eivät pidä sekä kaiken takana olevasta totuudesta.

Hämärän torin sisäänkäynti oli suljetun maan-alaisen junaverkoston lähellä kaupungin rajaa. Kaupungin keskus oli matkalla sinne joten kävelimme yhtä matkaa vitsaillen samalla aiemmista käsityksistämme asioihin liittyen sekä ystävyydestä ja miksi emme voineet joskus olla omat itsemme.

Me saavuimme keskustaan ja "Pelon" joukko jatkoi matkaa maanalaiseen kun me keräsimme ihmisiä kuulemaan asiallisia kysymyksiämme. "Viisaus" sanoi matkalla "Nähdään vastausten jälkeen"

Kun me lähestyimme ensimmäistä ihmistä keskustassa he katosivat niin kuin myös me, yhtäkkiä minä ja "Kuolema" oltiin tippumassa lentokoneesta 8 kilometrin korkeudessa. "Rohkeus" ja "Ilo" eivät olleet meidän kanssamme. Jopa lentokone räjähti taivaalla takanamme. Meillä oli laskuvarjot.

Maanalaisella hämärä torilla "Pelko" ja muut löysivät ensimmäisen henkilön mutta kun hän kääntyi katsomaan "Pelkoa"; ihmisellä ei ollut naamaa, "Sade" löysi samaan aikaan "Viikatemiehen" ja "Kaasun" mutta kaikki he katosivat sieltä ja ilmestyivät johonkin skeitti puiston katsomoon.

Sillä aikaa "Huonot" lensivät läpi ajan paikkaan missä "Ilo" oli ja liittyivät hetkiä myöhemmin porukkaan skeittipuiston katsomossa.

Minä ja "Kuolema" liitelimme jollekin katolle ja hyppäsimme läpi siitä.

Me tapasimme muut sisällä ja jouduimme taistelemaan "Petosta", "Valtaa" ja "Ahneutta" vastaan heidän taito kamppailussaan. "Rohkeus" aloitti ensimmäisen hyökkäyksen potkimalla ja tönimällä, mutta "Petos" väisti hänet. "Ahneus" sanoi "Eii ei! Tämä on minun ja "Petoksen" kamppailu kun olemme yhtyneet on teidän vuoronne!" Ne kaksi muuttuivat peileiksi ja huusivat "Te olette me ja me olemme pölyä" ärsyttävällä äänellä jonka jälkeen: "Ei me tuota kyllä tarkoitettu" ja molemmat peilit hajosivat palasiksi. "Valta" yritti pitää peilin palat elossa ja kasassa mutta ei voinut mitään, he olivat mennyttä. Me sanoimme "Vallalle" jos te kolme tähtäätte hyvään me voimme toivoa että nuo kaksi olisivat olemassa taas täällä maailmassa.. "Valta" oli todella surullinen ja pystyi vain sanomaan "Olkaa kilttejä ja tehkää niin". Me toivoimme mutta mitään ei tapahtunut, me pääsimme takaisin sypressikujalle ja teimme teetä "Vallalle". Yhtäkkiä jotain meteliä kuului ullakolta ja takapihalta. Joku mies oli autotallissa roskiksen sisällä ja toinen mies isossa pahvilaatikossa ullakolla. Me olimme hämmästyneitä että nämä miehet näyttivät tosi paljon "Petokselta" ja "Ahneudelta" mutta olivat eri versiot enemmän aidot kuin mitä pystyi sanoin kuvailemaan. He sanoivat että ovat tosiaan "Petos" ja "Ahneus" mutta eivät muistaneet mitään viimeisestä kahdesta viikosta.

Sitten meille selvisi että vangitut positiiviset henget olimme me, minä, "Rohkeus", "Totuus", "Vihamielisyys", "Kateus", "Ilo", "Viisaus", "Inho", "Kuolema", "Nautinto", "Väkivaltaisuus", "Sade", "Pelko", "Ihme", "Kaasu", "Viikatemies", "Lelujen herra", "Huonot", "Pahat", "Kauhu", "Paholainen", "Fobia", "Fredrik", "Sandra", "Jonathan", "Mikhael" ja jopa "Petos", "Ahneus" ja "Valta". Kaikki joukkomme jäsenet ilmaantuivat talolle ennen iltaa.

Meidän piti vain ymmärtää että menneisyytemme oli nykyisyys ja tulevaisuutemme, me olemme olleet aina täällä tässä hetkessä ja ainoastaan mielikuvituksemme oli vähän hukassa koska maailma on niin ihana, usko minua.

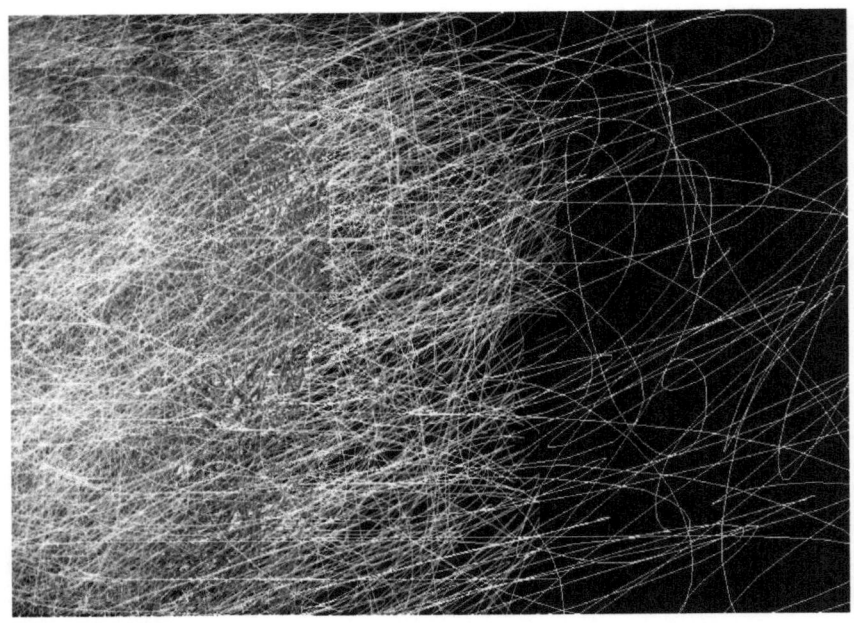

Pimeyden villit

Osa 8 Kiven tarina

Kappale 37 Pöytä täynnä kortteja

Kerran eräässä paikassa ja ajassa; törmäsin muuan kiveen joka tippui joltain tummalta hahmolta eteeni. Onnistuin ottamaan kiven kiinni kun se tipahti joltain joka ratsasti hevosella puskan ohi jossa olin piilossa, mutta en tiedä minne hahmo meni, suuntana hänellä oli etelä paikasta katsottuna missä minä olin.

Kivi hehkui sinertävää valoa sen sisuksista käsin. Se tuntui painavalta, mutta pystyin käsittelemään sitä helposti. Ajattelin että on parempi löytää kiven omistaja ja palauttaa kivi, vaikka omistaja olisikin tuo tummiin pukeutunut hahmo joka katosi metsän synkkyyteen.

Nyt minulla on tehtävä käsilläni ja tylsyys juuri astui sivuun, ehkä saan palkkion kun palautan kiven tai rangaistuksen jos aito omistaja luulee että varastin kiven, siitä huolimatta aloitin seikkailuni kiven oikeaa omistajaa etsimään, kivi turvassa nahka pussissani.

Aloin kävelemään lähistöllä sijaitsevaa kylää kohti joka oli metsä kaistaleen toisella puolella. Yhtäkkiä joku kuiskasi hiljaa minun suuntaani päin jonkin piikkipuskan takaa. En nähnyt ketään pusikko oli niin tiheää mutta selvästi kuulin sanat: "Tiedän sinut ja mitä totuuden pussissasi on" Mihin minä vastasin: "Minä taas en tiedä mitä pussissani on" ...ja jatkoin vasta kysymyksellä: "Onko se kivi?"

Ääni vastasi: "Se on pimeyden kivi, erittäin voimakas ja harvinainen taika esine"

Olin haltioitunut tuosta näkökulmasta, faktalta kuulostavasta selityksestä koskien löytöäni.

Kysyin: "Miksi sanoit pussiani totuuden pussiksi?"

Vastaus kuului: "Pussissasi on ainoastaan aitoja esineitä ja joita juuri sinun kuuluu kantaa"

"Hmm... eli siksi kadottelen välillä esineitä enkä kaipaa mitään niistä mitkä ovat kadonneet, ne ovat olleet epäaitoja." :Sanoin.

Kuiskaaja sanoi: "Me tapaamme myöhemmin, uskoisin, onnea matkaan ja älä ohita mitään matkallasi kaikki on tärkeää."

Kuiskaaja ei jättänyt minulle pääräntymisen varaa. Nyt aloin ymmärtää jotain...

On minun kohtaloni kantaa kiveä sen seuraavaa etappia päin kohti kiven aitoa paikkaa. Minä jatkoin kävelyä läheiselle kylälle jonka nimi oli "Ikinälopu". Kiva pikku kylä täynnä muusikoita ja juhlijoita. He soittavat taukoamatta yöt ja päivät; vain teema vaihtuu aika ajoin, varsinkin silloin kun on kilpailujen aika. En ole saapunut kaupunkiin kilpailemaan, tulin toteuttamaan tehtävääni ja kysymään tietääkö kukaan täällä ketään joka on hävittänyt esineitä esimerkiksi jotain erikoista kiveä. Ehkä ne jotka asuvat täällä kaupungissa tietävät jotain.

Menin ravintolaan jonka nimi oli "Eiköolekkin" joka oli täynnä jännityksen hakijoita sekä meluavia muusikoita jotka huusivat kaiken minkä sanoivat, paikan akustiikka oli sellainen ettei hiljempia sanoja voinut mitenkään kuulla.

Istuin jakkaralle tarjoilu pöydän ääreen ja huusin tarjoilijalle: "TIEDÄTKÖ KETÄÄN JOKA ON HÄVITTÄNYT JOTAIN TAIANOMAISTA?"

Tarjoilija painoi nappia pöydän alla ja paikan akustiikka muuntui hieman sellaiseksi että kuiskauksetkin kuultiin.

"Kysy uudestaan hiljemmalla äänellä": tarjoilija sanoi.

Kuiskasin: "tiedätkö onko kukaan hävittänyt mitään taikuuteen liittyvää täälläpäin?"

Hän sanoi: "Itse asiassa olen kuullut huhua sellaisesta seikkailijasta joka on hävittänyt esineitä matkatessaan näiden metsän nurkkien seuduilla, seikkailija meni kuulemma metsän läpi "Vielälisää" nimisten vesiputousten kautta länteen isompaan kaupunkiin. Kannattaa käydä kysymässä neuvoa ja vinkkejä kylän kokilta alhaalla Kurjauskatu numero kahden varrelta, kokki viettää aikaa takapihalla yleensä aina.

Sanoin: "Kiitos vaivasta ja tässä kolikko jakamistasi tiedoista" ja lähdin ulos ravintolasta kohti Kurjauksen suuntaa.

Kun tulin kaupan eteen joku oli kuolaamassa ikkunoiden edessä kaupan rappusilla, Kysyin: "Oletko kunnossa?"

Henkilö vastasi: "Olen vain niin nälissäni kun kuvittelen miltä nuo kakut ja kuorrutetut tikkari yllätykset hunajalla maistuvat kun pääsen niihin käsiksi."

Naurahdin ja sanoin: "Tuo on kyllä niin totta kun katsookin noita leivoksia ja kuvittelee niiden maun." Kuolasin itsekin hetken herkkujen perään ja menin sitten kaupan takapihalle. Siellä oli kokki istuskelemassa mukavan näköisellä penkillä. "Voinko kysyä jotain sinulta?: Minä kysyin johon kokki vastasi: "Nimeni on Jakson Pata olen pää kokki meidän Pöhköpulla kaupassa, mitä haluaisit tietää?"

Sanoin: "Minun pitää tietää "Vielälisää" vesiputouksista sen mitä minun olisi hyvä tietää jos haluaisin mennä niiden kautta isoon kaupunkiin."

Jakson vastasi: "Asia on niin että on joitain vaarallisia varkaita ja muutamia seikkailijoita siellä; olen varma siitä sekä sinun täytyy olla varovainen ettet toivo siellä mitään, vesiputoukset luovat painajaisia koska siellä on niin kova meteli ja paikka kaikuu sen verran että vesiputousten taianomainen persoonallisuus monistaa ja muuttaa toiveita ennen kuin ne toteutuvat.

Joten minun täytyy edetä epämiellyttävään suuntaan joka ei ole helppo tehtävä. Täytyy pitää kivi turvassa ettei se päädy vääriin käsiin tai tuhoudu. Pitää myös pitää mieli kirkkaana sen varalta etten toivo mitään, vikkelästi vaan vesiputousten ohitse.

Jakson antoi vielä metallisen putken jota voin käyttää varkaita- ja ahneita seikkailijoita vastaan, hän myös antoi oudolta haisevaa nestettä pienessä pullossa jolla voin karkottaa ötökät ja eläimet muualle. Nyt täytyy vaan taittaa matka täältä "Vielälisää" vesiputouksille, kävellen matka on noin neljä tuntia pitkä jos ei tule matkaa hidastavia tekijöitä vastaan.

Heti kun löysin ensimmäisen kunnollisen polun kohti vesiputouksia, minut pysäytti hevoskärry joka kuljetti nuorta naista, nainen kurkisti ikkunasta ja sanoi että hän haluaa haastaa minut jossain kaksintaistelu pelissä.

Nainen sanoi: "Voimme kuljettaa minut vesiputouksille ja sinnepäin matkatessa voisimme pelata sitä peliä niin että vastaisit haasteeseeni."

Osoitin että se olisi hyvä matkantekoa muuntava elementti ja sanoin myös että tykkään haasteista.

Pelissä kyse on valehtelusta ja valheiden uskomisesta, myös kummankin osapuolen täytyy käyttää luovuutta. Toinen pelaaja keksii valheen ja toinen pelaaja uskoo sitä valhetta; mutta haluaa tietää lisää siitä keksien lisä-kysymyksiä valheeseen liittyen.

Toinen eli valehteleva osapuoli koittaa keksiä lisä-faktoja kysymysten perusteella ja vastailee kysymyksiin joita toinen esittää. Joka lauseella kysyjä/sanoja heittää noppaa joka määrittää kysymyksen/vastauksen paino arvon sekä syvyyden. Kumpi ensiksi on sanaton häviää pelin. Kun heitimme noppaa näyttelimme että meillä oli aseet joilla ammuimme toisiamme samaan aikaan sanoessamme lauseitamme tehden näin pelistä jännittävämmän.

Hävisin monta kamppailua aluksi mutta noin kuudennen ottelun kohdalla muutosten tuuli puhalsi kummastakin vaunun ikkunasta ja aloin voittaa jopa pahimmiltakin vaikuttavat tilanteet ja löysin sanat murskaten vastustajan puolustuksen- täräyttäen hänet sanattomaksi.

Naisen nimi oli Cindy Hertta ja pelin nimi oli Pimeyden Villit

Yhtäkkiä vaunu pysähtyi, olimme saapuneet "Vielälisää" vesiputouksille, Cindy kysyi voisiko hän liittyä seuraani matkalleni, minä nyökkäsin ja sanoin: "Todellakin mutta en voi luvata että seikkailu on pelkkiä kukkia ja mehiläisiä."

Hän oli iloinen liittyessään joukkoon. Kerroin hänelle vaaroista ja siitä ettemme saa toivoa mitään.

Cindyllä oli tylppä puusta tehty lähitaistelu ase ja minulla oli metalli putki puolustuksenani. Meidän onneksi varkaat nähdessään meidät juoksivat pois kun huomasivat aseemme.

Jotkut seikkailijat yllätys, yllätys eivät olleet pelokkaita tai kummastelleet puolustuskeinojamme. He yrittivät ostaa aseemme sekä Pimeyden kiven, meille tarjottiin vaihdossa esimerkiksi uniikkia tekijän allekirjoittamaa lautapeli versiota Pimeyden Villit pelistä. Mutta me pidimme mielemme tyyninä emmekä myyneet mitään ja lähdimme kohti isoa kaupunkia. Piti kävellä koska hevosvaunut lähtivät muualle.

Cindy tylsistyi matkalla ja vähän ennen kuin pääsimme pitkälle länteen "Vielälisää" vesiputousten alueella Cindy toivoi että olisimme nopeammin kaupungissa.

Paikkaan tuli jokin virhe toiveen jälkeen; olimme yhtäkkiä ensin jonkin seinän sisällä jonka jälkeen tipuimme loputtomalta tuntuvaa tunnelia kohti tai ainakin alaspäin jossain putkessa jolle ei näkynyt loppua, joidenkin hetkien jälkeen tipahdimme ilmasta jonkun kotiin, kodin asukkaan mukaan paikka jossa olimme ei ollut isossa kaupungissa jonne meidän oli määrä mennä. Nyt olimme jonkun isokokoisen metsän laitamilla joka on etelässä polulta katsottuna missä ensimmäisen kerran tapasimme Cindyn.

Meidän oli vielä päästävä sinne isoon kaupunkiin mutta "Miten" leijaili kysymysten ja epäilyjen ilmapiirissä.

Pohdimme: "Ei olla pessimistisiä, meillä on muutama vaihtoehto: Maksetaan hevos-kyydistä ja tuhlataan iso määrä rahaa, tai kävellään sinne joka kestäisi 8 tuntia. Ehkä meillä on kolmas vaihtoehtokin mutta me ei tiedetä sitä vielä. Sen ei pitäisi maksaa paljon ja sen täytyisi olla nopeampi ratkaisu kuin kävely."

Cindy sanoi: "Mitä jos taikuus liittyy kolmanteen vaihtoehtoon?"

Hmm... Pimeyden Kivi...Voisiko siitä olla apua?

Seuraavaksi, me yritimme löytää jonkun kuka tietäisi taikuudesta jotain. Kaupunki jossa nyt olimme oli nimeltään "Jotainziellä" ja kaupungissa oli kilta johon kuului Velhoja ja Pimeitä maageja sekä tuo kilta oli kuuluisa siitä että he tietävät kuinka taikuutta voi käyttää.

Kun löysimme "Velmagien killan" he vaativat meitä suorittamaan jonkin testin että todistamme olevamme vaivan arvoisia heidän kanssa keskustelemisessa.

Testi oli vaikea läpäistä, meidän piti näyttää tai selittää esimerkki taikomisesta, etenin rohkeasti ja lausuin: "Simbarata Tuskhaloton Experiantus Sothala Meodamos!" Jokin sähkö pallo ilmestyi keskelle huonetta ja sinkosi häviten yhden pimeän maagin taika-sauvaan.

Killan jäsenet hurrasivat ja olivat vaikuttuneita.

Olimme onnekkaita koska tuo taika toimii vain 0,36 prosentin varmuudella kun sen lausuu ja tuo oli ainut taikasana minkä tiesin. Nyt voimme keskustella miten pääsisimme nopeasti kaupungista toiseen, halvemmalla kuin hevosella ja nopeammin kuin kävellen. Annoimme killan tarkastella Pimeyden Kiveä. He eivät olleet nähneet tuollaista riimu kiveä ikinä ja koska annoin heidän katsoa sitä ha sanoivat että auttavat meitä ilmaiseksi.

He piirsivät kuvan kivestä ja ottivat pienen määrän kiven taikuutta itselleen säilöön, se sopi meille. "Velmagit" kokosivat veneen lähellä olevista materiaaleista ja näyttivät meille maanalaisen joen jota pitkin pääsee nopeasti täältä suureen kaupunkiin.

He sanoivat: "Joki menee manalan kautta mutta sinne ei tarvitse mennä jos rantaudutte manalan sisäänkäynnin vierestä ja kävelette pienen osuuden joen rantaa pitkin noin yhden tunnin niin voitte jatkaa vettä pitkin manalan jälkeen taas. Se manala ei ole turvallinen alue.

Me olimme nyt varmoja suunnitelmasta miten edetä seikkailussa. Yksi killan jäsenistä halusi liittyä seuraamme ja tutkia tarkemmin tuota maagista Pimeyden riimukiveä.

Hänen nimensä oli Joz Risti. Hän oli asiantuntija elementaali taikuudessa ja osasi luoda tulta sekä sähköä maagi välineillään.

Aloitimme matkan kohti Manalan sisäänkäyntiä maanalaista jokea pitkin. .

Mennessä näimme kuolleita elämiä kellumassa pinnalla mädäntyneinä vain luut näkyvissä.

Olimme kuulleet tarinoita Manalasta ja jostain kuka kulkee veneellä Maanalaisen maailman ja Ylämaailman välillä. Jotkut huhut kertoivat että tuo veneellä kulkija oli nimitetty Viikatemieheksi. Mutta emme nähneet venettä emmekä ketään kulkijaakaan. Olimme myös kuulleen huhuja kolmipäisestä demoni koirasta, Cerberus nimeltään, joka vartioi Manalan sisäänkäyntiä, kun pääsimme lähemmäs sisäänkäyntiä siellä ei näkynyt demoni koiraa eikä muitakaan eläviä tai kuolleita. Päädyimme ymmärtämään asian toisesta näkökulmasta että Viikatemies oli Manalan puolella

ja kuljetti siellä sisäänkäynniltä syvemmille alueille tuon
alamaailman pimeyteen sekä Cerberus on ymmärrettävissä
olemaan sisäänkäynnin toisella puolella pitämässä huolen ettei

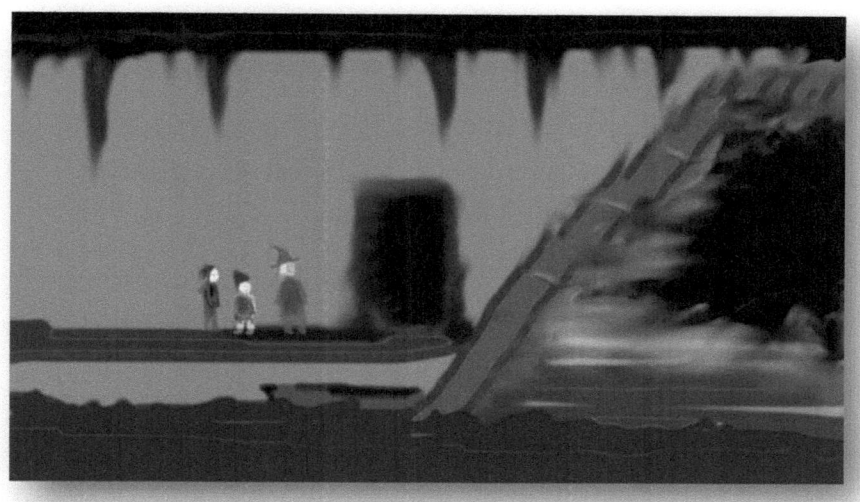

sieltä karata mihinkään.

Mutta emme olleet täällä todistelemassa minkään huhun alkuperiä
tai muutakaan todeksi. Matkamme tarkoitus oli saattaa päätökseen
tuon tärkeältä vaikuttavan kiven tarina tai ainakin tehdä oma
osamme sen kuljettamisessa eteenpäin.

Joz teki nuotioon tulen maalla kun rantauduimme Manalan
sisäänkäynnin tuntumassa. Söimme joitain papuja, kirsikoita ja
muutamat pehmeät leipä palikat. Nyt piti kävellä noin tunti
Manalan sisäänkäynnin toiselle reunalle missä joki jatkui kohti
päämääräämme. Välillä ilmassa leijaili hiton ärsyttävä haju mutta
se ei haitannut koska se ei ollut myrkyllistä ja mikä vain käy kun
matkustus- oikoreitti- keinon hinta oli niin halpa.

Tunti jalan ja toinen vesillä nopeaa virtausta pitkin olimme jossain maanalaisessa satamassa ison kaupungin alapuolella vesireitin pääte pisteellä. Meillä ei ollut opasta auttamassa meitä halki kaupungin hälinän. Meillä ei ollut myös edes karttaa emmekä tienneet kaupungin säännöistä tai luonteesta minkä mukaan täällä mennään.

Satamassa ensimmäinen vastaantulija kertoi kysyttäessä että muutama taso ylöspäin on mies pukeutuneena punaiseen ja siniseen, hän auttaa meitä kun kysymme.

Me nousimme muutaman tason ylöspäin ja siellä oli jokin kalastaja jolla oli siniset housut, punainen takki ja selässä jokin lohikäärmeen kuva.

Mies kääntyi ympäri ja kysyi: "Hei, tarvitsetteko apua jossain?"

Johon me vastasimme: "Kyllä kiitos, voitko opastaa meitä kaupungin läpi? Ja kertoa miten täällä kuuluu käyttäytyä. Me olemme täällä etsimässä omistajaa taika kivelle jota kuljetamme."

Mies sanoi: "Nimeni on Frank Ruutu, Voin auttaa, tunnen tarpeeksi hyvin kaupungin että saan teidät jyvälle. Seuratkaa minua mennään parhaaseen paikkaan mikä täällä päin on. Paikan nimi on Jumitushillo; hommataan sieltä kahvia ensin ennen kuin päästän teidät asiaan kiinni."

Minä sanoin: "Kiitos paljon, johda ja me seuraamme"

Kappale 38 Kuviot

Noin 50 askelmaa ylöspäin tulimme ulos umpikuja kadulle, sen toiselta puolelta avautui ovi ja todella suuri kokoinen ovi mies astui ulos sieltä kadulle. Ovi oli Jumitushillon sisäänkäynti josta Frank puhui aiemmin. Nyt Frank meni ovi miehen luokse kysymään: "Ollaanko listalla?" johon ovi mies vastasi: "Tosiasiassa joo näyttää olevan Frank Ruutu ja kolme vierasta, käykää sisään."

Astuimme sisään Jumitushilloon ja nautimme kahvia kuullessamme kaupungin toimintaperiaatteista, kun olimme saaneet kahvi kupit pöytään Jack alkoi selittää:

"Ensimmäinen selviytymisen sääntö; Sinulla täytyy olla jotain annettavaa pummeille ja kodittomille rikollisille jotka kysyvät avustusta- niin kuin tupakoita tai vähän rahaa ruokaan. Neuvon että aina kun joku kysyy jotain; on annettava jotain kysyjälle.

Toinen sääntö; Jos aistit että jokin on pielessä mutta et näe välitöntä vaaraa vaihda suuntaa ja mene eteenpäin kunnes sinulla on normaali olo taas.

Kolmas sääntö; Pidä aina pullo vettä mihin on sotkettu suolaa mukana sen varalta että kerettiläisiä tai muita epäkuolleita tulee vastaan, ne ovat allergisia pyhälle vedelle eli märälle suolalle.

Viimeinen sääntö; Jos haluat löytää jotain tai kenet tahansa, sinun täytyy valita kuvio ja seurata sitä kuviota pitkin katuja, kuvioksi käy mikä tahansa kuvio, kaupunki toimii joillain kaavoilla ja kaupunki kontrolloi kaikkia jossain määrin paitsi silloin kun joku haluaa pois kaupungista. Se on kuin peli ja kaupunki on sen hallitsija, se kontrolloi kaikkea, mutta on joitain valintoja mitä kukakin voi tehdä tuon kontrollin alaisuudessa. Joten valitkaa jokin tietty- tai joitain kuvioita ja seuratkaa niitä kunnes löydätte sen mitä etsitte."

Nyt meillä on tieto jonka avulla voimme jatkaa matkaa. Jack halusi lähteä kalaan kaupungin alemmalle tasolle ja me etenimme kaupungin suurimmalle markkina alueelle etsimään kuvioita sekä yhteneväisyyksiä kaikessa. Valitsimme ympyrän jossa oli piste keskellä. Ajattelimme että jos valitsemme vain yhden kolmen sijasta olisi selvempää seurata symboleita etsimäämme kohden.

Ensin me näimme joitain jonglööreitä joilla oli selässään ympyrä jonka keskellä oli piste, he menivät jonkin kaupan sisälle ja kaupan ovessa oli myös hakemamme kuvio. Katsoimme että tuo kuvio siinä merkitsi että piti mennä siihen oven eteen ja katsoa toiseen suuntaan nähdäkseen uuden merkitsevän kuvio vinkin.

Ovelle mentyämme katsoimme ovelta poispäin toiseen suuntaan ja näimme kirjaston jonka seinässä oli hajotettu versio etsimästämme kuviosta. Se oli kuin taiteellisen näkemyksen etsimämme kuvio, pähkäilimme sen tarkoittavan että pitää mennä kirjaston toiselle puolelle eli kiertää kirjasto. Minä ja Joz menimme kirjaston ympäri ja Cindy meni sen läpi. Näimme monia hakemiamme kuvioita mutta kaikki näyttivät osoittavan suuntamme oikeaksi eli kohti kirjaston takapihaa.

Takapihalla oli melko pimeän näköinen kirkkorakennus. Menimme sen ovelle jossa oli monia okkulttisia esineitä ikkunoissa ja seinustoilla. Paikka näytti nekromantikon kodilta. Hakkasimme muutaman kerran ovea ja joku tuli avaamaan ovea hymyissä suin.

Avaaja oli nekromantikko kyllä mutta oli lomalla henkiinherätys hommista. Hänen nimensä oli Wendlyn Cosrestro ja hän sanoi että tietää yhden seikkailijan joka vastaa kuvauksiamme- ei vain ole tiedossa missä tuo henkilö on. Vain henkien maailma voi auttaa meitä siinä tietoisuudessa. Mutta tuohon henkimaailman kanavointiin tarvitaan joitain välineitä jotka kyllä voidaan saada käsiin täältä lähistöltä, mutta pitää pelata tuota peli-mestari kaupunkia vastaan jotain hemmetin pelejä saadakseen nuo esineet ja tarpeet.

Wendlyn halusi liittyä mukaan pelaamaan, se sopi meille kolmelle hyvin. Nyt meillä oli joukossamme Cindy – Uhkapelaaja, Joz – Velho, Wendlyn – Nekromantikko ja minä Vaeltelija/ihmettelijä.

Peli alkoi kunnolla sen jälkeen kun astuimme pois kirkon pihalta. Ensin piti kerätä jostain erikoinen kepin pala. Maaginen tikku jota varten piti heittää noppaa siitä kuka ja mistä se kerätään, vastassamme oli tikku hirviö joka sijaitsi hylätyn uima altaan luona kirjaston lähellä. Tikku hirviö pystyttiin kuvittelemaan helposti uima altaan päälle, altaan pohjalla oli vettä johon tuuli puhalsi niin että siitä voi ajatella jonkin levitoivan sen päällä ja meteli joka kaikui altaan ulkopuolelta, missä oli ihmisiä viettämässä aikaansa pystyttiin kuulemaan ja yhdistämään hurjana mölynä mitä hirviö huusi.

Heitimme noppaa yksi kerrallaan ja määritimme kuka noutaisi tikun hirviön luota ja mikä tikku olisi paras henkistä maailmaa kohti olevassa yhteyden otossa. Minä heitin numeron neljä, Cindy heitti numeron kolme, Joz ja Wendlyn heittivät molemmat numeron kuusi. Joz ja Wednlyn joutuivat heittämään uudestaan. Nyt Joz heitti numeron viisi ja Wendlyn numeron kuusi. Joten oli Wendlynin tehtävä noutaa tikku ja valita sopiva sellainen. Nyt Wendlyn heitti vielä kerran noppaa siitä mikä suunta oli sopiva noutaa tikku. Hän heitti numeron kolme ja kääntyi kolmanteen suuntaan siitä kohdasta missä hän oli, astui kolme askelta eteenpäin ja kurkotti maahan noutaakseen tikun siitä. Nyt olimme löytäneet tikun asiaamme varten ja se oli tikku löydettynä ulottuvuudesta eli Ulottuvuus tikku.

Seuraavaksi piti löytää höyhen ja Wendlyn tiesi missä on yksi linnunpesä. Joz kiipesi puuhun ja hyppäsi sieltä yhden hylätyn talon katolle missä pesä sijaitsi. Kun höyhen oltiin saatu oli enää yksi asia mikä piti tehdä; Löytää erikoinen kortti pakka.

Cindy sanoi: "Me voisimme käydä vaihtokauppa kauppiaan luona ja kysyä voisiko hän vaihtaa noppani johonkin erikoiseen kortti pakkaan"

Vaihtokauppias oli kahden ja puolen tunnin kävelymatkan päässä kaupungin vilkkaimmalla alueella eli kaupungin toisessa keskuksessa. Kävellen meillä oli paljon aikaa keskustella, kertoa tarinoita ja jutella mitä muuttaisimme maailmassa jos me voisimme vaikuttaa siihen. Monen askeleen jälkeen tulimme Vaihtokauppiaan ovelle.

Siellä oli paljon eri esineitä, sisällä ja kaupan ulkopuolella vaatteista leluihin ja aseisiin. Cindy kysyi sisällä kauppiaalta: " Onko sinulla myynnissä jotenkin erikoista kortti pakkaa jonka voisit vaihtaa noppiini? "

Kauppias sanoi: "Minun pitää hetki miettiä, käyn katsomassa takahuoneesta sitä, ottakaa kahvia ja istukaa alas palaan kohta luoksenne. "

Kauppias meni takahuoneeseen etsimään jotain erikoista.

Otimme kahvia ja katselimme ympärillä olevia esineitä.

Joz sanoi: "Kiva kokoelma kauppiaalla!"

Cindy sanoi: "Mielenkiintoinen todellakin ja nuo aseet näyttävät tosi teräviltä mutta hienoilta samaan aikaan"

Wendlyn kysyi: "Pitäisikö ostaa jotain mukaan edessä olevaa matkaa varten?"

Minä vastasin: "Totta, se olisi hyvä varustautua matkalle"

Kauppias tuli takaisin takahuoneesta ja antoi meille karusti rikkoutuneen korttipakan ja sanoi että se oli ollut tulipalossa sekä löytynyt joen pohjasta. Se oli tarpeeksi erikoinen pakka. Cindy antoi nopat vaihdossa. Ostimme myös jokainen yhden vaatekappaleen itsellemme.

Kiitimme ja lähdimme ulos kaupasta.

Nyt piti luoda hengen pyynti alttari jolla saataisiin yhteys henkimaailmaan.

Kappale 39 Yhdistetty

Wendlyn sanoi: "Hiippaillaan sisälle isoon kirkkoon Edingtonin kadulla; se on suljettu tänään ja siellä me voidaan rauhassa kanavoida henkiä kysymyksiämme varten. Eikä meitä häiritse epäkuolleetkaan; se on pyhä paikka.

Joten me menimme Edingtonin kadulle, näimme kirkon ja hiivimme sen sivulle jossa oli kapea aukko lukittuna mutta jonka Cindy tiirikoi auki, kaikki mahtuivat änkeytymään kapeasta aukosta sisään. Löysimme tyhjän kivi pöydän, tason jolle laitoimme ulottuvuus tikun, höyhenen, korttipakan ja Pimeyden kiven. Aloimme avaamalla korttipakan ja sekoittaa kortteja keskenään. Muutama hetki sekoitusta ja aloimme ottaa kortteja pakasta käsin alapuolelta ja mumista jotain kuin olisimme ammattilaisia henkien kanssa keskustelemaan, kunhan vaan heitin hatusta mitä saatoin kuvitella hyväksi muminaksi henkien ja meidän yhteyden luomiseen liittyen.

Wendlyn siirteli ulottuvuus tikkua aika ajoin paikasta toiseen pöydällä, Joz nosteli ja tiputteli höyhentä pöydän keskialueella kolme kertaa samalla kun minä mumisin joitain taikasanoilta kuulostavaa. Kaiken tuon valmistelumme jälkeen kaikki me koskimme Pimeyden Kiveä yhtaikaa käsillämme ja suljimme silmämme. Heti aloimme nähdä näkynä joitain paikkoja missä emme olleet koskaan käyneet ja joitain henkilöitä ketä emme olleet ikinä tavanneet.

Nyt olimme saaneet yhteyden, avasimme silmämme ja näimme lähes näkymättömän hahmo-entiteetin joka hehkui kuin Pimeyden Kivi. Kummituksen oloinen entiteetti sanoi; "Etsitte häntä joka löytyy vain kun seuraatte sydäntänne"

Tuon lauseen jälkeen kummitus olento katosi.

Emme tienneet lähes mitään mitä tuo tarkoitti, ainut mikä tuli mieleen oli että meillä ei ole työkaluja toteuttaa tuota vinkkiä, Johtava vinkki oli että toteuttaisimme niitä asioita joita rakastamme tehdä ja sellaisia asioita jotka tunnemme sydämissämme toteutettaviksi. Minusta sydämeni seuraaminen tarkoittaa juuri sitä että teen mitä ikinä haluan tehdä. Nyt halusimme lähteä piknikille kaupungin keskustan reunalla sijaitsevaan kukka puistoon. Kävimme kaupasta ostamassa leipiä, jotain juotavaa ja piiraita.

Kun pääsimme kukka puistoon siellä oli muitakin piknikillä- juttelimme heidän kanssa kivestä ja mitä olimme kohdanneet sekä tietävätkö he ketään joka on hävittänyt taika-esineitä. He olivat nähneet sellaisen joka oli puhunut joidenkin esineiden häviämisestä. Joten olimme lähestymässä etsimäämme seikkailijaa.

Saimme selville että tuo seikkailija oli nähty ravintolassa nimeltä Bongalow lähellä jokea alakaupungilla.

Siellä voisimme syödä mahamme täyteen samalla kun kyselisimme tuon seikkailijan perään. Söimme piirakkamme ja leipämme sekä joimme juomamme lähtien sitten Bongalowiin.

Bongalowilla näimme heti ovelta monet erikoisen näköiset ihmiset syömässä ja nauttien olemisestaan pöytien ääressä. Kysyimme myyjältä seikkailijasta johon hän vastasi: "Täällä oli joku sellainen kyllä ja hän meni täältä satamaan sanoen että seuraava paikka minne hän menee on Kolmannen Pisteen Saaristo. Söimme ja lähdimme satamaan.

No nyt meillä on päämääränä uusi suunta eli Kolmannen Pisteen Saaristo, onneksi kun saavuimme satamaan sieltä oli sopivasti lähdössä halpa ja mukavan oloinen laiva kohti Kolmannen Pisteen Saaristoa. Hyppäsimme kyytiin ja laiva lähti heti. Se maksoi vain kolme kymmentä uhkapeli palasta. Sillä hinnalla saimme kaikille sängyt ja saimme mahdollisuuden kalastaa matkalla yläkannelta samalla kun laiva lipui eteenpäin.

Matka tuonne saaristoon vei noin kaksi päivää veden päällä yhden pysähdyksen kanssa Mathildan saarella. Me tapasimme laivalla erään henkilön joka sanoi että häntä kutsutaan "Totuudeksi" ja joka oli matkalla Mathildan saarelle tehtävänään hankkia kokemuksia ja tarttua seikkailuun. Esittelimme itsemme hänelle ja kerroimme mitä olimme tähän mennessä kokeneet sekä mitä olimme tekemässä nyt.

Hän oli vaikuttunut ja halusi liittyä mukaamme joka oli kaikille mukava lisä matkaamme johon vastasimme: "Todellakin käy, olet tervetullut joukkoomme, mutta emme voi luvata että onko seikkailu rankka kyyti vai mieto sellainen."

Totuus sanoi että hän on taistelija ja se oli mielenkiintoista koska meiltä juuri puuttui lähitaistelija. Kalastimme melkein puolet ajasta laivalla olosta. Toisen puolen ajasta joko juttelimme, nukuimme tai kerroimme toisillemme mitä tarinoita voisi olla olemassa omiemme lisäksi.

Tuli aika rantautua laivasta Mathildan saarelle. Rannalla olo tauko kestää tästä eteenpäin kahdeksan tuntia ja olimme päättäneet käydä ranta kuppiloissa sekä tori alueella.

Matkaa tehdessä törmäsimme joihinkin matkaajiin joka halusivat kuulla tarinamme, kerroimme heille kaiken mitä olimme tehneet, he taas kertoivat nähneensä vähän aikaa sitten sellaisen ihmisen jota etsimme joka oli hävittänyt taika esineitä ja se seikkailija oli tällä hetkellä jos olimme onnekkaita vielä kolme tuntia maissa.

Menimme tori alueelle ja näimme jonkun tynnyri kasan alla lähellä sekatavara kauppaa. Autoimme hänet tynnyrien alta pois ja kysyimme: "Oletko nähnyt seikkailevaa henkilöä täälläpäin?"

Hän vastasi: "Ikinä en ole ketään nähnyt, kokeilkaa onneanne ja menkää kalaan. Jos olisin te kävisin kyselemässä Kalasta-Tai-Et-Saa-Tietää nimisestä kahvilasta lähellä isoa laivaa itään tästä."

Hän kiitti meitä ja lähti kävelemään kohti rannan kahviloita.

Kappale 40 Läheltäpiti

Joten me aloimme matkata kohti Kalasta-Tai-Et-Saa-Tietää nimistä paikkaa. Siellä saisimme varmasti oikeita tietoja ja pääsisimme lähemmäs pääte pistettä. Muutaman hetken päästä olimme kahvilan ovella. Joku raivoavalla äänellä sanova kuului ulos asti sisältä kahvilasta. Varovasti kurkkasimme sisään ja menimme sinne. Siellä oli joku joka kirosi kovasti kun oli hävittänyt jotain kahvilan sisälle tai sen ulkopuolelle jotain arvokasta. Keskeytin hänet ja sanoin: "Rauhoitu hei, minulla saattaa olla jotain mitä olet hävittänyt tai tarkalleen se ei ainakaan ole minun. Jos se ei ole sinun voitko kertoa tavaroiden hävittämisestä jotain?"

Hän sanoi: "Okei, tuo kuulostaa jotenkin aidolta, olen hävittänyt tavaroita mutta katsotaan mitä olet löytänyt jotta voin sanoa onko se minun.

Näytin Pimeyden Kiveä tuolle henkilölle. Hän ei ollut uskoa silmiään. "Tämä ei voi olla totta, hävitin tuon aikoja sitten, jotain kolme viikkoa tästä hetkestä, mistä löysit tämän? Jos haluat todisteita siitä että olen tuon oikea omistaja anna minun näyttää se."

Sanoin: "Löysin sen metsästä, se tippui joltain varkaan näköiseltä tummalta hahmolta kun tuo hahmo ratsasti nopeasti etelän suuntaan siitä kohdasta katsottuna mihin kivi tippui. Jos voit näyttää jotain mitä kivi voi tehdä, niin ole hyvä."

Seikkailija painoi kahdella sormella Kiven yläosassa olevaa kulmaa ja kuiskasi "Näkymättömyyden Pyhättö", Kivestä kuului "Click" ääni ja huone täyttyi valoista sekä näyistä jossa näkyi paikkoja missä emme olleet käyneet, kaikki tapahtui nopeasti kuin näyt olisivat olleet esittely kierros koskien jotain erittäin hienon näköisiä paikkoja sekä siellä oli joku hirviö; Minotauri jossain labyrintissä.

Näky oli jotenkin vaikuttavan oloinen emmekä olleet kuvitelleet että Pimeyden Kivellä oli tuollaiset voimat näyttää jotain uskomatonta.

Seikkailumme oli päätöksessä kun olimme löytäneet Kivelle omistajan. Mutta olimme nyt tottuneet olemaan tehtävän alaisena joten kysyimme mitä seikkailija tekee Kivellä seuraavaksi. Hän sanoi että palauttaa sen, sen omalle paikalle kaupunkiin nimeltä "Läheltäpiti". Seikkailija sanoi että häntä kutsutaan nimellä "Rohkeus" niiden mukaan ketä hän on tavannut joskus aiemmin. "Totuus", Cindy, Wendlyn, Joz ja minä halusimme liittyä "Rohkeuden" mukaan palauttamaan Kiveä emmekä välittäneet uuteen matkaan liittyvistä vaaroista.

Me kyllä tiedostimme vaarallisuuden mutta meillä oli aseita sekä keinoja karkottaa vaaraksi käyvät esteet muualle.

"Rohkeus" sanoi että meidän pitää vielä hoitaa yksi asia ennen kuin voimme jatkaa eteenpäin; Meidän täytyy juoda kaksi erikois-kahvi sekoitus juomaa jotka sai ostaa Kalasta-Tai-Et-Saa-Tietää kahvilasta. Erikois-kahvi sekoitus maistui kirpeältä jossa oli makeuttakin mukana. Herkullista mutta se kävi hikoiluttamaan meitä sisätiloissa joten lähdimme ulos ja kävellen "Rohkeuden" johdattamana. "Läheltäpiti" oli kaupunki täynnä rikollisia ja hämäriä ihmisiä. Pimeyden Kivi kuuluu heidän pää-linnoitukseensa, se luo kaupungille suojakilven kun Kivi on paikallaan. Nyt kaupunkia pitää koko ajan suojata joiltain sankareilta jotka yrittävät tuhota kriminaalit sekä hämärät henkilöt, vangita heidät etukäteen etteivät he tee tulevaisuudessa mitään rikollista.

He voivat sinnitellä ja pitää kaupungin suojattuna mutta se vie kokoajan henkeä ja energiaa. Tämän Pimeyden Kiven avulla pimeys voidaan palauttaa ja puolustajat voivat tehdä taidettaan tai mitä ikinä he tekevätkään sen sijaan että ovat suojelemassa kaupunkiaan ja vapauttaan.

Matkalla vastassamme on sankareita jotka yrittävät varastaa Kiven meiltä, sekä sellaisia jotka haluavat varastaa sen ja myydä sen sankareille. Muut ovat joko sellaisia eläimiä tai olentoja jotka voivat kommunikoida sankareiden kanssa tai sitten mätiä tyyppejä eli niin sanottuja "hyviä ihmisiä".

Nuo "hyvät ihmiset" pelkäävät pyhiä asioita. Rohkeus sanoi että hän on pappi joten mätäpää "hyvät ihmiset" eivät ole ongelma.

Muissa tapauksissa voimme selvitä koska meillä on muita erikoisuuksia, porukkamme omaa nämä elementit: Taistelija (Raakaa fyysistä vahinkoa), Nekromanseri (Okkultista/Pimeää taikuutta), Velho (Elementti taikuutta), Uhkapeluri (Taktisuutta/Onneen liittyviä taitoja) Ihmettelijä (Kokemuksiin perustuvia kykyjä) ja Pappi (Pyhä/Valo taikuutta)

Olimme nyt vietelleet aikaa tarpeeksi satamassa ja menimme takaisin laivaan kohti Kolmannen Pisteen Saaria. Ankkuri nousi ylös ja ranta jätti meidän laivamme. Kolmannen Pisteen Saarille oli matkaa vielä noin päivän verran. Keskustelimme siitä mitä tiedämme maailmasta ja vertasimme tietojamme toistemme kanssa.

Huomasimme että kaikki me tiedämme eri asioita joka asioista. Aiemmin oli näyttänyt siltä että kaikki tiesivät vain samoja asioita. Keskustelu oli rikasta ja mieliä avaavaa sekä henkemme räjähtivät tajuamaan uusia asioita maailmasta sana sanalta.

Pelasimme pelejä ja harjoittelimme näyttely taitojamme samalla kun kelluimme kohti seuraavaa etappia.

Kappale 41 Missä hitossa olemme?

Kolmannen Pisteen Saarilla oli maaginen portaali jonka avulla pystyi siirtymään paikasta toiseen kauas ja lähelle. Tarkalleen meidän tapauksessa paikkaan nimeltä "Läheltäpiti" tai sen lähimaastoon.

Meidän piti naruttaa joitain epäkuolleita palkkasotilaita ja karkean kuuloisia merirosvoja maissa kun rantauduimme Kolmannen Pisteen saarelle. Meidän taistelijamme "Totuus" löi kahta palkkasoturia otsalle ja Wendlyn käytti pimeää taikuutta näyttämällä yhdelle piraatille näyn piraatista itsestään kuolleena ja mätänemässä kapteeninsa sängyssä, piraatti pelästyi ja karkasi metsänrajaan.

Joz sytytti yhden piraatin vaatteet tuleen kipinä taialla. Minä heitin penkin kahta palkkasoturia päin jonka jälkeen heitin narun molempien ympäri niin että nykäisemällä narusta nuo palkkasoturit pukkasivat toisiaan päillään.

Cindy käveli muutaman merirosvon edestä niin että rosvot yrittäessään korjata askeliaan kompuroivat väärin astumisen takia kaatuen maahan. Palkkasoturit ja merirosvot pakenivat ja heitimme heille uhkapeli palasia sekä rahaa mitä löysimme maasta.

Matkalla eteenpäin esteinämme oli muitakin ja tällä kertaa "hyviä ihmisiä", heitä oli viisi jotakuinkin mutta Rohkeus sanoi: "Heh, heh tämä tulee olemaan hauskaa ja lausui:

">>>Eseremus astio shanti esede deasede cristo sanzo!<<<"

"Hyvät ihmiset" menivät shokkiin välittömästi ja näytti siltä että heidän sielunsa lähtivät pois fyysisistä kehoistaan, jotain valkoista savua tulvi alueelle samalla kuin "hyvien ihmisten" elämät juoksivat piiloon läheisen metsän varjoihin.

Seuraavaksi, päädyimme kylään jossa oli portaali. Emme olleet kokeneet aiemmin teleportaatiota, mutta olimme innoissamme kokeilemaan sitä. Portaalissa oli muutama vaihtoehto minne sillä pystyi matkustamaan. Olisimme voineet matkustaa sillä yhteen kylään samassa valtakunnassa kuin "Läheltäpiti" mutta josta olisi yhden päivän kävely matka "Läheltäpit" kaupunkiin. Toinen vaihtoehto oli jokin outo vedenalainen paikka täynnä epäkuolleita olentoja josta pitäisi löytää huhuttu kadonnut portaali joka voisi lähettää meidät suoraan "Läheltäpiti" kaupunkiin.

Kolmas vaihtoehto olisi löytää Aika-Kivi ja vaihtaa sen paikkaa jonka avulla mennä toiseen aikaan. Sen jälkeen mennä tuonne vedenalaiseen paikkaan hetkeksi jossa sitten voisi lisätä uuden vaihtoehdon tämän kylän portaaliin ja jonka vuoksi voisimme saada teleportaation "Läheltäpitiin".

Juttu oli niin että halusimme olla varmoja että pääsisimme kaikki määränpäähämme, sovimme että Cindy menee portaalin avulla "Läheltäpiti" kaupungin läheiseen kylään ja hommaa hevoskyydin sieltä "Läheltäpitiin", jonka aikana me kävisimme vedenalaisessa paikassa ja näkisimme toisemme "Läheltäpidissä". Näin meillä olisi varasuunnitelma että Cindy hakisi meidät jos jäisimme jumiin jonnekin.

Muut joukostamme lähdimme vedenalaiseen olento painajaiseen etsimään Aika-Kiveä.

Cindy meni portaalista "Swop", Me valmistuimme lähtöön myös.

"Rohkeus" sanoi: "Varustautunut ja valmis kohtaamaan vihollisia, nyt on aika mennä!"

"Swop, Swop, Swop, Swop, Swop" menimme portaaliin.

Erittäin kova huuto kuului linnoituksen syvyyksistä altamme, olimme siirtyneet torniin joka oli veden alla, mutta siellä oli myös pinta ja happea huoneessa johon olimme siirtyneet. Sukelsimme huoneesta pois ja saavuimme johonkin kapenevaan kanjoniin, menimme kallioiden välistä kulman taakse. Siellä oli jokin huone jossa ei ollut vettä. Astuimme vedestä kuivalle maalle ja jokin hyppäsi meitä päin. Se oli iso apina jolla oli silmälappu ja se haisi palaneelle kumille. Apina yritti kertoa jotenkin ettei pystynyt paistamaan banaania Aika-Kivellä. Yhtäkkiä; joku zombi hyökkäsi meitä päin. Apina hyppäsi ja löi zombia päähän jonka jälkeen koko zombi hajosi palasiksi, Apina sanoi ihmisen äänellä: "Märkiä Zombeja". Zombeja tuli lisää rannalle meidän suuntaamme hyökkäämään.

Ymmärsimme että vesi oli tehnyt zombit mätäneviksi vettyen ne haperoiksi sekä näin helposti hajoaviksi. Joz sanoi: "Heitetään kiviä noita zombeja päin". Niin teimme ja zombit hajosivat murusiksi. Seurasimme apinaa ja löysimme Aika-Kiven. Pysähdyimme hetkeksi hengittämään. Joz laittoi Aika-Kiven alas maahan, siitä kuului ääni "Blib" ja yhtäkkiä olimme kaikki jossain toisessa paikassa ja erilaisessa ajassa. Olimme oudossa maailmassa täällä tuulella oli hento väri, ilmassa ympärillämme leijui erittäin mieluisa tuoksu. Maassa oli retkinuotio, kaikella oli ääriviivat kuin jossain maalauksessa. Oli pimeää, tulikärpäset leijuivat ympärillämme. Hiljaisuus rikkoutui kuiskauksesta: "Olet kuin oletkin täällä ja sinulla on mukana vieläkin totuuden pussi sekä "Totuus" myös on mukanasi ketä olenkin etsinyt." Minä vastasin: "Kyllä se olen minä jonka ei pidä ohittaa mitään vastaan tulevaa sekä mukanani on tuo pussi kuin myös "Totuuskin", voisitko esittäytyä meille ja kertoa jotain tästä paikasta, missä olemme?"

Kappale 42 Muistelen unohdettua

Kuiskaaja paljasti itsensä ja sanoi että häntä kutsutaan "Raivoksi" ja hän on yrittänyt etsiä "Rohkeutta" ja "Totuutta", paikka missä olimme nyt oli metsässä lähellä Yksinäisyyden Vankilaa maailmassa jossa kaikki oli minun vikani ja vankila oli minulle tehty, joidenkin henkien mielestä jotka asuivat tässä kierossa maailmassa, olin tehnyt rikoksen vaikka olin vain ollut olemassa tässä maailmassa, he olivat syyttäneet minua taide tyylin varastamisesta tai toisin sanoen identiteetti varkaudesta taiteellisin tavoin.

Nyt oli hetki jolloin tässä maailmassa olimme paennet Yksinäisyyden Vankilasta. Aioimme mennä kysymään asioista Syyttelevältä taholta ja halusimme saada tunnustuksen niiltä jotka olivat oikeasti syyllisiä että miksi minun on pitänyt olla Yksinäisyyden Vankilassa kaksi ikuisuutta syyttömänä. Halusimme saada rikoksen aidot faktat selville ja syyn miksi he syyttäjät ovat olleet minulle niin vihaisia että minut on pitänyt tuomita. Täällä maailmassa ei ole aikaa olemassa joten tuollaiset tuomiot voi helposti toteuttaa.

Hommeli oli niin että, oli kaksi puolta; toinen puoli harrastivat lähes kokoajan kopioimista kaikessa niin kuin myös taiteessakin, sitten toinen puoli joka loi asioita ja keksi uusia tapoja tehdä asioita. Olin ainut luova henkilö jonka minut tuominneet olivat tavanneet. He luulivat että kun en kunnolla osannut selittää sitä mitä tein enkä myöskään sitä miten tein mitä tein; he olettivat että minut pitää vangita sekä että minä aiheutan kuolemia ja onnettomuuksia kun en jaa tietouttani kuinka olla luova henkilö tavoilla joilla olen. Nyt kaksi ikuisuutta myöhemmin en ole oppinut mitään tai oikeastaan yhden asian: Ei ole mitään opittavaa.

Kappale 43 Jotain pimeää

Meillä oli soihdut ja "Raivo" näytti tietä minne meidän piti mennä. Hommana oli löytää Aika-Kivi täällä ja laittaa sen jonnekin erikoiseen paikkaan. Aidot syylliset olivat läheisessä kylässä vartioidussa tornissa. Eipä sen väliä meillä oli suunnitelma. He tuovat meille sen Aika-Kiven ja "Rohkeus" voi ottaa sen Pimeyden Kiven avulla käyttäen Valkoista taikuutta. Joz voi pitää Pimeyden Kiveä kun "Rohkeus" lumoaa "Totuuden" miekat. Syylliset tulevat ulos koska minä olen huutamassa tornin pihalla ja he eivät halua että olen vapaana, he yrittävät vangita taikoen minut jotenkin Aika-Kivellä koska luulevat että tajuntani on toisessa maailmassa. Tornin edessä aloin huutamaan sillä aikaan kun muut valmistuivat kohtaamiseen. Syyttäjät rymistelivät alas kompuroiden melkein pää edeltä alas rappusia, "Swing!" ja Valkoisen taikuuden myrkyt lensivät syyttäjien naamoille samalla kun Aika-Kivi tipahti syyttäjiltä maahan; kivestä kuului "Blob" ääni. Paikka muuttui taas, nyt olimme takaisin "Tuhatmätö" kylässä jossa oli portaali, nyt portaalissa oli uusi vaihtoehto siitä minne portaalilla pääsi matkustamaa, se oli "Läheltäpiti". Täältä tullaan.

Menimme portaalista läpi "Läheltäpitiin". Kun astuimme sisään tuntui kuin olisimme lentäneet todella nopeasti, esineitä lensi läheltämme mutta emme osuneet yhteenkään niistä mutta se olisi ollut vaara jos olisimme osuneet niihin. Matka kesti vain silmän räpäyksen enää. Siirryimme hämärään paikkaan ja "Rohkeus" sanoi että tämä on "Läheltäpiti" todellakin, nopeasti kiirehdimme juoksu jalkaa pää linnoitukseen laskemaan Pimeyden Kiven sen oikealle paikalla. Voima kenttä lähti päälle ja kaupunkiin laskeutui pimeys jälleen. Puolustajat tulivat kiittämään meitä ja palasivat tekemään omia asioitaan. Tehtävämme oli nyt tehty. Cindy tuli kaupunkiin ennen keskiyötä hevoskyydillä.

Pelasimme Pimeyden Villejä pahojen kanssa.

He olivat puolustava puoli ja me hyökkäävä, heitimme noppaa siitä mitä aseita meillä kuvitteellisesti oli.

He keksivät valheen.

He sanoivat: "Meillä on norsu kellarissa"

Me vastasimme: "Onko norsulla yksipyöräinen"

He sanoivat: "Ei mutta sillä on idea"

Me vastasimme: "Voiko norsu jakaa sen?"

He sanoivat : "Se on salaisuus joten se ei voi jakaa sitä"

Me vastasimme: "Voiko se paeta sen salaisuuden kanssa?"

He sanoivat: "Sen ei tarvitse"

Me vastasimme: "Onko norsu pomo?"

He sanoivat: "Emme ole varmoja siitä mutta ainakin sillä on matto lattialla"

Me vastasimme: "Minkä värinen matto on?"

He sanoivat: "Punainen keltaisilla muodoilla, purppurilla ja mustilla ääriviivoilla.

Me vastasimme: "Maksoiko se paljon?"

He sanoivat: "Jos emme valehtele se oli neljä sataa uhkapeli palasta."

Me vastasimme: "Mistä norsu sai niin paljon rahaa?"

He sanoivat: "Se sai eläimellisen alennuksen sekä naapuri auttoi vähän hyväntekeväisyydellä"

Me vastasimme: "Mikä on naapurin nimi?"

He sanoivat: Jimmidy Jayhen

Me vastasimme: Tiedän Jimmidyn mutta hän ei harrasta hyväntekeväisyyttä, Häntä ei ole olemassa.

He sanoivat: "Perhana hän ei ollut olemassa ennenkuin oli mikä häpeä"

Me voitimme.

Nyt me halusimme lähteä pikku lomalle ja käytimme portaalia mennäksemme kivaan paikkaan nimeltään Kaksois Joet.

"Ne sijaitsevat Aurinkoisen Laakson lähellä Kadonneiden Metsää Näkymättömyyden Pyhätön takana": sanoi "Rohkeus".

Me voimme teleportata Aurinkoiseen Laaksoon ja kävellä sieltä Kaksois Joelle, matkaan menisi vain puoli tuntia. Kaksois Joet ovat aika mukava paikka jossa on jonkin verran aina kalastajia sekä kasvien keräilijöitä etsimässä harvinaisia lajikkeita paikan runsaasta valikoimasta erilaisia kukkia ja puita. Paikka oli metsikön ja kukkaniityn sekoitus. Meillä oli syötävää mukana kun olimme Kaksois Joella, "Totuus" ja Cindy kilpailivat kumpi saa kalastettua pienemmän kalan. He taistelivat noin kolme tuntia putkeen ja

"Totuus" voitti laillisesti mutta Cindy voitti huijaten, Cindy oli hypännyt veteen ja pyydystänyt sillä tavoin pienimmän kalan. "Totuus" kalasti ongella neljä saman kokoista kalaa jotka olivat ihan vähän suurempia kuin Cindyn huijaus kala.

"Rohkeus" ja minä yritimme luoda musiikkia mutta jokin oli oudosti...

Yhtäkkiä ukkonen rikkoi hiljaisuuden, se oli myrsky yllä nyt sitten. Nopeasti menimme puiden juureen suojaan salamoilta.

Wendlyn kysyi: "Voisimmeko mennä paikkaan jossa minun pitäisi käydä? Myrskyn jälkeen vaikka, se on muutaman päivän reissu pohjoiseen, siellä on vuoden ympäri remuava myrskyn seinämä joka on paikallaan aina mutta hurjana. Myrskyn rajalla sijaitsee kauppa josta minun pitää käydä ostamassa yksi tarvittava väline."

Sanoin: "Minusta tuo kuulostaa hyvältä idealta ja vähän vaihtelua maisemaan, olen kiinnostunut näkemään sen myrskyn seinämän.

Porukan muut jäsenet sanoivat: "Me myös."

Me tarvitaan laiva ja kukas muukaan kuin "Rohkeus" ehdotti mahdollisuutta. Hän sanoi: "Hemmetti nyt sytytti, minä tiedän erään kuka voi kuljettaa meidät vettä pitkin myrskyn seinämän kauppaan, hänellä on paikka Kadonneiden Metsän satamassa, mennään sinne!"

Niin me teimme. Sataminen loppui myös. Matkalla näimme erittäin ärsyyntyneitä sankareita kävelemästä "Läheltäpidin" suunnasta. Emme jääneet juttelemaan vaan jatkoimme kävelyä.

Kappale 44 – Sopiva lähestyminen

Läpi Kadonneiden Metsän kohti satamaa matkamme kävi. Sinne mentäessä jouduimme raivaamaan tietä oksista ja pensaista jotka olivat peittämässä polkua metsän läpi. Muutamia käärmeitä ja isoja hämähäkkejä jouduimme karkottamaan oudon hajuisella nesteellä jonka sain seikkailun alku puolella. Kahden hetkisen päästä saimme polun auki oksista olimme tuossa tuokiossa vesillä. Laivan omistaja oli iloinen että sai meidät kuljetukseen ja pääsi olemaan mukana seikkailussamme. Hänellä olisi muuten ollut todella tylsää sekä kuka muu tuntisi paremmin laivan kuin sen oikea kapteeni ja omistaja. Suunnittelimme kapteenin kanssa parasta reittiä myrskyn seinämälle, voisimme päättää neljästä vaihtoehdosta:

Ensimmäinen vaihtoehto; Menemme pitkälle länteen kohti Afca-maita ja seuraamme sieltä myrskyn seinämää kunnes tulemme kaupan luokse.

Toinen vaihtoehto; Menemme pohjoiseen noin yhden päivän ajan melkein Jäätyneelle Tienlöytäjän Lipulle jonka jälkeen käännymme länteen kunnes näemme Piikki kivet, teemme ohitus liikkeitä jotenkin selviämällä kivien välistä myrskyn seinämälle.

Kolmas vaihtoehto; Menemme suoraan luoteeseen välittämättä tulevasta myrskystä sekä välittämättä jättiläis-vesipyörteestä joka on lähellä myrskyä aina.

Neljäs vaihtoehto; Menemme syvälle etelään noin kaksi päivää ja seilaamme tuulen mukana sieltä myrskyn seinämälle.

Neljäs vaihtoehto on rennoin.

Minä ehdotin: "Mennään neljännellä vaihtoehdolla, meillä ei ole kiire." ja me päätimme mennä neljännen mukaan.

Seikkailu paisuu..

Kappale 45 – Suurilla merillä.

Mennessämme etelään... noin päivä merillä melkein kaikki meistä olivat merisairaita, näimme näkyjä ja kaikki oli painajaismaista käsittää myös ilman sitä näkyvää faktaa että joku todella suuri söi laivamme kokonaisena. Se tuntui niin aidolta koska se oli aitoa, jokin meri hirviö oli syönyt juuri laivamme. Nielaissut sen kokonaan mutta onneksi kapteeni ei ollut merisairas ja tiesi mitä tässäkin tilanteessa pitää tehdä. Otimme keihäs piikit käyttöön joissa oli narut solmittuna kiinni niihin. Heitimme piikit katto ja lattia osiin hirviön mahassa, nykäisimme kovaa niistä. Hirviö oli sukeltanut syvälle kärsien kivuista joita keihäs piikit aiheuttivat ja hirviö nielaisi portaalin kokonaisena, portaali tuli hirviön mahaan ja laivamme meni siitä kokonaan läpi yhtenä kappaleena. Laiva ilmestyi aavikolle jossa ei ollut ketään tai mitään ja oli pimeää. Emme voineet nukkua kun pohdimme ratkaisua tilanteeseen. Aavikkoa siellä aavikkoa täällä laiva ei liiku mihinkään mitenkään.

"Rohkeus" huomasi jotain horisontissa. Se oli matkaava porukka kantamassa jotain.

Huusimme että he tulisivat luoksemme.

He huusivat takaisin: "Meillä on aseet joten ei mitään hupi juttuja."

Me vastasimme: "Me lupaamme, tulkaa tänne, me tarvitsemme apua."

Meidän ihmeeksemme joukkio tunsi "Totuuden" ja "Rohkeuden".

Porukka esitteli itsenä meille, he sanoivat että heitä kutsutaan "Huonoiksi" ja että he tuntevat minutkin syvällä sydämissään ja minä vaan näytän vähän erilaiselta kuin viimenäkemältä sekä että olen aidosti minä silti. He tunnistivat minun nimekseni silloin viimeksi "NALLE".

Nyt minä muistan jotain ja kysyin: "Missä on "Kuolema" ja "Pelko"?"

Yksi "huonoista" sanoi: "Sitä mekin yritämme selvittää, mutta kiva kun löysimme teidät, me olemme etsineet teitä kaikkialta ja joka paikasta jossa ei ollut jälkeäkään teistä mitään löytämättä."

"Raivokin" sanoi etsineensä meitä mistä tahansa mutta ketään ei löytynyt ennen kuin "Rohkeus" ja "Totuus" törmäsivät kanssamme "Raivoon".

"Huonoilla" oli mukana kuljetettava teleportaatio portaali jonka pystyi kasaamaan laivan yli ja ympäri.

Yksi heistä sanoi: "Me ollaan lähtövalmiita menemään toisaalle varmasti, ei enää kuin nelisen tuntia lähtöön jota ennen keretään nähdä nouseva aurinko, se minne olemme menossa on nimeltään Fantasia, siellä sateenkaaret sulavat jokiin ja siellä on menninkäisiä jotka varastavat tavarasi sekä veneesi; myydäkseen sinulle takaisin ne myöhemmin sen jälkeen kun olet harhaillut liian pitkään Unettomuuden Hylätyillä Mäillä tietämättömänä siitä mitä olisi enää ihmeteltävänä maailmassa.

Ehkä voisimme löytää sieltä viimeisillä hetkillä olemassa olosta pienen vinkin minne mennä etsimään ratkaisua ennen kuin meidät potkaistaan toiseen valtakuntaan. He jotka vartioivat kadotuksen käytäviä antavat vain puoli päivää aikaa ennen kuin tiputtavat vierailijat muualle. Meidän pitää olla vikkeliä löytämään jotain merkille pantavaa.

Portaali oli rakentumassa valmiiksi ihan juuri. Aurinko nousi ja oli tosi kaunis katsottava. Yksi "Huonoista", "Rohkeus" ja "Totuus" kertoivat että joku oli juottanut heille ja minulle Unohdus myrkkyä sekä erottanut meidät kaikki toisistamme, elämään joinain muina kuin omina itsenämme sekä ihan jonkun muun elämää kuin omaamme.

Tuo oli inhottavan kuuloinen homma ja minä muistan että jokin juomani neste maistui pahalta ja kuulin naurua taustalla kun lensin johonkin pusikkoon, seuraavaksi heräsin pusikosta ja näin kun Pimeyden Kivi tippui eteeni puskan viereen. Sitä en muista kuka nauroi ja kuinka minulle ujutettiin Unohdus Myrkky. Juttelimme menneisyydestämme "Huonojen" kanssa ja he kertoivat omastaan. Muutama hetki myöhemmin olimme valmiit siirtymään Fantasiaan.

"Zooop!"

Laivamme ilmestyi leveälle joelle. Vesi oli punaisen värinen. Pinnalla kellui jotain pilven näköistä ainetta, se tuoksui houkuttelevalle ja maistoimme sitä, maistui makealle ja vähän myös suolaiselle karkille. Joitain ääniä kuului laivan alta ja kun katsoimme sinne joen pohjassa veden alla oli menninkäisiä, seisomassa ja huutelemassa jotain ihme öykkäröintiä sekä he

kilistelivät aseitaan joen pohjassa oleviin kiviin. Me liityimme tuulen suuntaan ja jätimme menninkäiset veden pohjaan sekoilemaan.

Menninkäiset ampuivat nuolia kohti meitä mutta ne vain kelluivat veden pintaan menninkäisten kohdilta vedessä.

Kun menimme syvemmälle Fantasian maille jokea pitkin, ympäristö muuttui vähän väliä, normaalista joenreunus kasvillisuudesta ja metsiköstä kuivan oloisiin kallioihin, veteen alkoi ilmestyä kiviä ja virtaus voimistui lisäten pieniä kosken kuohuja. Vauhtimme kasvoi vähän mutta menimme tosi hitaasti silti. Menninkäiset olivat kävelleet meidät kiinni rannalla ja seisoivat nyt ympäröivillä kallioilla josta he yrittivät heittää naruja laivaamme mutta olivat unohtaneet kiinnittää toisen päädyn naruista.

He heittivät niitä kohti laivaamme ja narut lensivät kokonaisuudessaan laivaan ilman menninkäisiä jotka jäivät ihmettelemään kallioille. Laivamme lipui seuraavalla alueelle.

Siellä oli laavaa ja maan järistyksiä sekä muutama tulivuori näkyi taustalla joidenkin todella tummia pilviä silmän kantamattomiin.

Näimme menninkäisten kylän kaukaisuudessa.

Se voisi merkata että täällä on turvallista matkata koska menninkäiset pystyvät asumaan täällä mutta ehkä se on vain turvallista menninki-viisaasti eli menninkäisten kielellä .

Jatkoimme vettä pitkin eteenpäin Fantasiaa. Lähellämme oli yksisarvisia juomassa joesta punaista vettä. Edessämme oli sateenkaari joka syöpyi veteen toisesta päästä ja toinen pää hävisi kallion taakse. Sateenkaari tiputteli eri sävyisiä värejä veteen.

Menninkäiset seurasivat meitä jonkin aikaa mutta yksisarviset tönäisivät menninkäiset veteen taas.

Me seikkailimme syvälle jonkinlaiseen luolaan; siellä oli joitain kiviä edessämme ja huomasimme jonkin kankaan riepottavan yhdestä kivestä, kankaan pala oli sinisillä ääriviivoilla ja siinä oli neliön muotoinen kuvio. "Rohkeus" analysoi ja tunnisti sen "Pelon" vaate kappaleeksi. Me tarkastelimme luolaa ja aluetta jossa olimme löytäen vain yhden suunnan minne "Pelko" saattoi olla mennyt ja se oli ylöspäin katossa olevasta aukosta missä liehui tuulen mukana köysi. Joku oli mennyt oletettavasti siitä ylemmälle tasolle tätä luolaa.

Meidän piti mennä sinne ja jättää laiva.

Kapteenimme jäi laivaan menninkäisiä katselemaan ja tutkimaan unenomaista tapahtuma rikasta Fantasiaa.

Me kiipesimme luolan ylemmälle tasolle ja löysimme juuri sammutetun nuotion.

Me mietimme minne nuotion sytyttäjä oli mennyt.

Sitten äkkäsimme: "Tuolla on portaali lähellä noita puita" ; sanoi "Totuus".

"Olet oikeassa" :sanoi "Rohkeus" ja yksi "Huonoista"

Meidän täytyi mennä sinne.

Menimme portaalin kautta ja ilmestyimme erittäin suureen kirjastoon joka oli oudon oloinen. Keräännyimme kirjaston keskikohtaan ja huomasimme että siellä istui muita tuoleilla ja kun menimme lähemmäs siellä oli "Pelko", "Kuolema", "Inho", "Vihamielisyys" ja "Ihme".

He selittivät että meidät tarvittiin tänne koska "Petos", "Ahneus" ja "Valta" olivat joutuneet ongelmiin jossa tarvittiin meidän apua.

He olivat olleet omissa maailmoissaan ja heidän fanit olivat johdatettuina vihaamaan heitä, joku oli puhunut valheita tosiksi että "Petos", "Ahneus" ja "Valta" olisivat pitäneet salassa sen miten he osaavat asioita uniikeilla tavoilla ja vaikuttavat taitavilta.

Meidän pitäisi näyttää esimerkkejä siitä etteivät "Petos", "Ahneus" ja "Valta" ole sen kummempia kuin kuka tahansa muukin ja osoittaa että ne valheiden todentajat ovat vain valehtelijoita ei sen enempää ja ettei heitä ole mikään pakko uskoa.

Tehdään kaikki tästä eteenpäin omalla tavallamme kun etenemme Ulkomaailmassa, Manalassa sekä Ylämaailmassa.

Vielä on asioita joita selviää, tämä seikkailu jatkuu eteenpäin myöhemmin voin taata sen.. Mutta seuraavaksi menemme takaisin fantasiaan ja siellä onkin laiva samassa kohtaa mihin se meiltä jäi luolassa. Kapteeni on siellä myös. Lähdimme pois Fantasiasta jonkin olennon avulla joka taikoi meidät takaisin merille. Olimme nyt lähempänä myrskyn seinämää kuin ennen Fantasiaan meno. Pääsimme kaupalle josta Wendlyn osti välineensä.

Sitten vuorossa oli se kohta kun minut myrkytettiin aiemmin..

Aioimme käyttää Wendlynin ostamaa välinettä onkiaksemme Aika-Kiven jolla menisimme takaisin hetkeen kun idioottimaiset naurajat laittoivat meille myrkkyä juotavaksi, pysäyttäisimme ajan suunnitelmana laittaa heidät juomaan omaa myrkkyään meidän sijasta. Sen jälkeen menisimme takaisin nykyhetkeen alkaen nauttia elämästä siihen asti kunnes seuraava seikkailu alkaa.

Ei riittäisi että pääsisimme samaan aikaan missä myrkyttäjät olivat meidän piti myös päästä samaan paikkaan jossa he olivat; hetkeen menneisyydessä.

Ensiksi joudumme selvittämään tuon oikean paikan, ajan pystymme määrittämään aika kivellä jonka löydämme matkalla tai viimeistään sen jälkeen kun paikka on oikea. Wendlyn oli ostanut illuusio taika laatikon jonka avulla pystyi nappaamaan kämmenen kokoisia esineitä mistäpäin tahansa universumia missä olimme. Kun laittoi kätensä sisälle taika laatikkoa ja ajatteli esinettä jonka halusi löytää laatikosta sen pystyi saamaan tarttumalla ja nostamalla se ulos laatikosta.

Wendlyn kurotti laatikkoon ja nosti punaisen värisen aika kiven. Kiven avulla voisimme nyt matkustaa oikeaan aikaan mutta paikan määritys riippui nyt meistä, piti muistaa tarkalleen missä myrkytys tapahtui eli ajassa ennen kuin unohdimme ja paikassa ennen kuin katosimme.

Pahvilaatikko – autotalli – talo.

Äkkiä se jyrähti mieleeni: "Nyt muistan! me olimme kotona ja yhtäkkiä kuului kolinaa vintiltä ja ryminää autotallista jonka jälkeen löysimme sieltä "Ahneuden" sekä "Petoksen" hieman eri näköisinä. Se oli viimeinen paikka ja hetki sen jälkeen katosin ja unohdin. Taitaa olla niin että "Petos", "Ahneus" ja "Valta" syöttivät meille pajunköyttä ja häiriinnyttivät todellisuutta sillä tempulla varmaan jotta saisivat meille kuuluvat elämät ja asiat itselleen sillä välin kun olemme kadoksissa."

Todellakin aiomme löytää heidät ja auttaa ne kyselijät pois heidän kimpustaan jotka eivät sinne ympärille kuulu ja joita "Petos", "Ahneus" ja "Valta" ovat huijanneet.

"Rohkeus" tiesi reitin menneisyyteen tai tarkemmin paikkaan menneessä.

Meidän piti mennä aika kiven avulla ensin johonkin todella vanhaan aikaan missä oli löydettävä tietty aukio ja siellä käyttää aika kiveä uudestaan jotta pääsisimme talolle jossa "Petos" ja muut ovat menneessä ajassa.

Käytimme aika kiveä ja vaihdoimme itsemme vanhaan aikaan.

Yhtäkkiä olimme jossain saluunassa keskellä koko kuppilan kokoista tappelua. Kaikki vetelivät toisiaan turpaan, heittelivät pulloja tai ruokailu-välineitä toisia päin näköä. Jopa me ryhdyimme mukaan. Äkkiä tappelu siirtyi ulos ja se oli muodostunut noin viideksi väkivalta pilveksi joista näkyi vain pölyä ja sattuman varaisia raajoja sekä päitä joita raajat hakkasivat tai potkivat. Uagh! Outs! tappelu jatkui noin puoli tuntia kunnes joku ampui ilmaan toisella puolen katua.

Ampuja osoittautui sheriffiksi joka sanoi: "Täällä ei tapella, tämä on suopeuden sisilisko katsokaa." Sheriffin kädessä oli joku lisko olento joka piti kai käsittää syyksi lopettaa tappelu. Noh kukaan ei enää jaksanut jatkaa kahakkaa ja lähdimme eri teille kuin saluunan muut asiakkaat. Etsimme aukeaa aluetta jolle tulevaisuuden talomme oli määrä rakentua.

Muutaman hetken jälkeen löysimme lähialueen kartan josta lyhyen etsinnän jälkeen löysimme etsittävämme. Se oli alue jossa oli miina-kenttä kartan tietojen mukaan. Mutta onneksi meidän piti vain päästä alueen lähelle jotta aika kiven taika pystyisi siirtämään meidät talollemme tulevaisuuden menneisyydessä. Menimme miina-kentän luokse; käytimme aika kiveä siirtyen aikaan jossa "Petos", "Ahneus" ja "Valta" olivat talollamme aikomassa suunnitella meidän huijaamistamme.

Ilmestyimme pihaan ja näimme nuo kolme, yhtäkkiä tunsimme koputuksia olkapäillemme. Kun käännyimme katsomaan takanamme oli "Kuolema", "Pelko", "Nautinto" sekä "Kateus" ja "Viisaus". Tervehdimme iloisesti vanhoja ystäviämme ja kerroimme mitä olimme tekemässä jonka jälkeen huusimme "Petokselle", "Ahneudelle" ja "Vallalle" mutta jotenkin he eivät kuulleet mitään tai ainakaan he eivät reagoineet mitenkään. Oli kuin he eivät olisi kuulleet meitä. "Rohkeus" ja "Viisaus" kävivät kokeilemassa olivatko "Petos" nuo kaksi huijaavaa muuta edes olemassa, "Rohkeus" kopautti "Ahneutta" selkään mutta "Rohkeuden" käsi meni koko tyypin läpi kuin jompikumpi olisi ollut kummitus.

Nyt olimme ihmeissämme, ainut mitä pystyimme tekemään oli että voimme observoida mitä nuo kolme tekevät tai sanovat.

Päätimme seurata mitä nuo sankarit aikoivat tehdä meille ja muille heidän uhreilleen.

Jonkin aikaa seurattuamme "Petos" sanoi kumppaneilleen että he kolme voisivat kertoa meille etteivät muista mitään viime viikoista, "Valta" voisi näytellä surevansa "Petoksen" ja "Ahneuden" epäonnistumista peili illuusio tempussa jossa he niin sanotusti kuolevat jotta olisi uskottavampaa olla muistamatta mitään viime viikoista.

Näin meidän omatunnot eivät erottaisi että he ovat kokoajan suunnitelmissa huijaamaan meitä elämistämme muualle.

Nyt tiedämme että "Petoksen" ja "Ahneuden" oletettu muistin menetys riitti käynnistämään todellisuutta häiritsevän ketjureaktion ja peittämään huijareiden jäljet. Heidän levittämillä tarinoilla joilla on ollut tarkoitus huijata kaikkia niiden kuulijoita pitämään fiktiot faktoina he ovat saaneet aikaan sen että heidän "TAIDETTAAN" pidetään jonain mitä se ei ole esimerkiksi rahan arvoisena, koska ei ole parempaakaan olemassa.

Tuon tiedon löydettyämme suuntasimme itsemme tulevaisuutta kohti nykyisyyteen etsimään huijarien taiteiden lähdettä.

Päädyimme ensin kauppoihin joissa myytiin kaikenlaista kamaa jossa huomasimme että oli yleistä myydä tavaroita joita ei oikeastaan tarvinnut mihinkään, jopa sellaista mikä piti uskoa olevan tarpeellista saada hinnalla millä hyvänsä, sekä huomasimme että oli kokonaisia liikkeitä täynnä tavaroita jotka ovat uskottu tarpeellisiksi.

Seuraavaksi tutustuimme ilmaiseen tarjontaan joka oli tiedon ja hyödyn valtameri mutta ilman tietoa niin kuin myös ilman oikeaa hyötyäkään. Asialla näytti olleen joku joka oli tehnyt hyödyttömästä hyödyllisen mutta niin että nyt hyödytön oli vain sovittu olevan hyödyllinen ja mistä oli vain hyötyä sille joka haluaa kaikkien uskovan että tämä pidetty hyödyllinen hyödytön on kaikille niin kuin se on hänelle.

Meidän piti puuttua tuohon. Asiat eivät ole sitä minä niitä on pidetty. "Petos", "Ahneus" sekä "Valta" ovat olleet kiireellisiä ja levitelleet valheitaan kaikkialle varmaan koko heidän tiedetyn ikänsä ajan.

Tuollaisen valhe ketjun ja muun siihen liittyvän voi murentaa kyllä, tarvitaan vain hieman totuudenmukaisuutta ja rehellisyyttä. Pitää vaan ajatella mikä on oikeasti mitenkin ja jos vastaan tulee valheita ne voi kumota. Tehtävämme on vain suhtautua edeltäviin esteisiin realistisesti sekä olla tarttumatta valheiden syötteihin eli jos jotain pitää uskoa niin se pyrkii olemaan totta eikä sitä pidä uskoa siksi miksi se uskottaa itseään. "Petoksen", "Ahneuden" ja "Vallan" unohdus myrkky ei enää tehoa meihin sekä koska emme usko heitä enää missään valheessa he myrkyttyvät siitä itse. Me viis veisasimme nyt siitä mitä "Petos", "Ahneus" ja "Valta" uskovat olevansa kuin myös mitä he ovat sanoneet mistäkin. Me emme usko valheita. Olemme vapaat toimimaan kun nyt vihdoin lomamme olla me omassa elämässämme voi alkaa...

(Kiitos että luit tämän kirjan.)

© 2024 Eetu Rantala

Kustantaja: BoD · Books on Demand GmbH, Helsinki, Suomi
Kirjapaino: Libri Plureos GmbH, Hampuri, Saksa
ISBN: 978-952-80-8381-8